KB133226

나만 사랑하는 너
이까짓, 털

이까짓, 털

융토끼

나만 사랑하는 너

도대체 털이 뭐길래

2006년에서 2007년으로 넘어가던 겨울은 '마리아' 열
풍으로 뜨거웠다. 어디를 가나 '마리아~ 아베 마리아~'
가 흘러나왔다. 그 시작은 169cm, 95kg의 육중한 체격
을 가진 여자 한나의 이야기, 영화 〈미녀는 괴로워〉다.
한나는 천상의 목소리를 가졌지만, 미녀 가수의 립싱크
에 맞춰 무대 뒤에서 대신 노래를 불러주는 얼굴 없는
가수다. 못생겼다는 이유로 꿈도 좌절, 사랑도 좌절하
자 전신성형을 감행한다.

과감한 주제로 씁쓸한 공감과 충격을 안겨주었던 이 영화는 동명의 일본 만화가 원작이다. 한국판 주인공의 시그니처가 '마리아'였다면, 일본판 주인공의 시그니처는 바로 '만세' 포즈다. 주인공은 항상 두 팔을 시원하게 위로 들어 올리며 크게 만세를 외치는 자세를 취한다. 만세의 의미를 짐작할 수 있겠는가.

대체 왜 저러나 싶었는데 알고 보니 겨드랑이가 털 없이 매끈하다는 것을 보여주기 위한 의도였다고 한다. 아름다워지기 위해 전신성형을 한 주인공에게는 몸에서 눈썹과 머리카락을 제외한 모든 털을 제거한 것까지 세상 모두에게 자랑하고 싶은 변화였다. (그렇다고 겨드랑이를 자외선에 노출하고 다니다니. 경솔하다. 자외선에 노출되면 제모한 겨드랑이가 거뭇거뭇해질 수도 있다고!)

나는 그 만세가 우스우면서 한편으로는 부러웠고, 또 한편으로는 씁쓸했다. 포즈 하나로 이렇게나 다양한 감정의 스펙트럼을 선사하다니. 이것이 작가의 계산이라면 놀랍다. 그리고 작가의 간계에 넘어가고 만 나는 여러 감정 속에서 허우적거리다 그만, 45도 아래로 시선을 옮겼다. "안녕?" 나의 풍성한 털들에 인사를 건넸다. 너는 왜 오늘도 안녕한 거니.

아름다움을 강조하기 위해서 왜 하필 겨드랑이가 훤히 드러나는 만세를 선택했을까? 잘록한 허리나 매끈한 다리, 가늘고 긴 목선으로도 충분했을 텐데. 아마도 그건 그녀가 그동안 당해야 했던 수모와 수치, 혐오와 닿아 있을 것이다.

몸에 털이 있는 여자를 향한 혐오의 시선은 미국의 유명한 면도기 회사에서 시작되었다고 볼 수 있다(짐작하는 그곳이 맞다. ㅈㅣㄹㄹㅔㅌㅡ). 아름답고 완벽한 여성은 겨드랑이, 팔, 다리에 털 한 가닥 없이 매끈한 피부를 유지한다는 이미지를 만들어 광고했다. 단지 면도기를 팔기 위해서 말이다. 여성에 대한 잘못된 사회 인식과 그걸 교묘하게 부추기는 자본주의의 콜라보다.

제1차세계대전 이전에는 제모하는 여성이 거의 없었다고 한다. 그로부터 100여 년이 지난 지금, 전 세계 여성 대부분이 제모한다. 이유는 역시나, 아름답고 완벽한 여성에게는 털이 없기 때문에!

〈미녀는 괴로워〉의 주인공은 타인의 눈에 보이는 모든 것들이 괄시와 무시의 대상이 되었다. 그 지난한 삶이 끝났음을 가장 쉽게 보여줄 수 있고, 그저 보여줌으로써 제 목소리를 낼 수 있는 곳이 얼굴 다음으로 겨드랑이었다. 그래서 그녀는 두 팔을 번쩍 들어 올린 것이다. 자 봐라. 이제 속이 시원하냐, 라고 외치듯.

하지만 그녀가 아무리 두 팔을 치켜들고 다녀도 사람들은 그 의미를 알지 못한다. '대체 왜 저러는 거야?' 털 관리의 딜레마가 바로 이것이다. 관리하지 않으면 눈총받지만 필사적으로 관리해도 알아주는 이 하나 없다. 여자는 털 없는 모습이 익숙하니까. 말하고 보니 서글프다. 물론 내가 털 부자라서 더 서글픈 걸 테지만.

어느 부위든 마찬가지다. 사람들은 털이 없는 것에는 주목하지 않지만 있는 것에는 주목한다. 아, 아니다. 사람에 따라 없는 것에 주목하기도 한다. 털이 없는 남자와 털이 많은 여자 그런 식으로. 가끔 털이 (너무) 많은 사람 혹은 (너무) 없는 사람에게도 주목하긴 한다. 취향에 따라 부정적 혹은 긍정적으로.

그러면 또 생각한다. 도대체 털이 뭐길래?

〜〜〜〜〜〜〜〜〜〜〜〜〜〜〜

너도 났구나?

희뿌연 수증기, 참방거리는 물소리, 그리고 우리 엄마. 목욕탕을 생각하면 떠오르는 장면이자 가슴에 남아 있는 몇 없는 어린 시절의 추억이다.

목욕탕에 가는 목적이 워낙 분명해서인지 엄마와 나는 똑같이 느긋한 표정으로 탕에 들어가 한참 때를 불리고, 똑같이 단호한 표정으로 때를 밀었다. 각자의 때를 밀기도 하고 서로의 때를 밀어주기도 하고. 나는 유난히 때가 많이 나오는 아이였고, 엄마는 참으로 듬직한 타입이라 등을 밀어줄 때 숨이 찼다.

오롯이 엄마와 나에게만 집중했던 시간이었다. 물론 목적이 분명한 곳인 만큼 남에게 집중하기에 썩 좋은 장소도 아니다. 온통 발가벗은 사람들 틈에서 나도 발가벗고 있는 주제에 남에게 집중한다는 건 어떤 상황을 만들겠다는 심보인가.

목욕탕이 마음속에서 멀어지기 시작한 건 2차 성징

이 온 사춘기부터다. 변화가 일어난 내 몸을 누군가에게 보이고 싶지 않았다. 하지만 종종 엄마 손에 억지로 끌려가야 했고 그 날도 그런 날 중 하나였다.

동네 목욕탕을 이용했던 만큼 예상은 했지만, 마음의 준비는 못 했던 그날. 평소 친한 친구도, 같은 반도 아닌, 오다가다 친구의 친구로 얼굴만 알고 있는, 그런 친구를 목욕탕에서 발가벗은 채 조우했다. 만나서는 안 될 장소에서 만나서는 안 될 사람을 만나버린 기분이랄까. 역시 가지 말았어야 했다.

갑작스러운 또래의 등장에 당황스러웠다. 그 또래가 나보다 훨씬 어른스러워 보여서였을까. 자꾸만 친구의 몸을 향해 돌아가는 시선을 다잡기 위해 노력했다. 밀라는 때는 안 밀고 한눈파는 내가 못마땅했던 엄마는 허락 없이 내 겨드랑이로 손을 쑥 넣어 때를 벗겨냈다.

순간 "아, 아파!" 하고 외마디 비명이 나왔는데, 그런 내 목소리가 너무 애 같아서 급하게 입을 다물었다. 정작 그 친구는 나를 신경도 쓰지 않는 것 같은데, 눈치 없이 밀어도 밀어도 계속 나오는 때가 그날따라 원망스러웠다.

비협조적인 내가 영 못마땅했는지 엄마는 결국 나가서 요구르트나 사 먹으라며 나를 놔주었다. 냉큼 나갔다. 당연히 친구에게는 아는 척하지 않고 급한 용무가 있는 사람처럼 후다닥. 자유의 몸이 되어 마시는 다디단 요구르트 한 모금에 해방감까지 느껴졌다. 한 손에 요구르트를 든 채 팬티 바람으로 시원한 선풍기 바람에 머리를 말리는데, 그 아이가 슬그머니 다가와 말을 걸었다.

"이거 먹을래?"

그 애는 빨대가 꽂힌 요구르트를 내밀었다. 나는 내 손에 있던 요구르트를 쭉 빨아 먹고는 그 애를 향해 손

을 뻗었다. 별생각은 없었다. 그 애는 요구르트를 안 좋
아할 것 같은 어른스러운 얼굴을 하고 있었기 때문일까.
주겠다는데 굳이 거절할 이유도 없고, 무엇보다 요구르
트 하나는 너무 깜찍한 양이라서 성에 차지 않았다.

"너도 털 났구나?"

…?? 두 번째 요구르트를 쭉 빨아들이고 있는데, 뭐가
비수처럼 날아왔다. 한숨 같기도 하고. 나는 '털'만 유난
히 작은 소리로 말한 그 애를 쳐다봤다. 세상의 모든 짐
을 다 지고 있는 듯한 얼굴이었다. 내 기분 탓이었을까.

"너도 있던데?"

내 말에 그 애는 잘못이라도 들킨 듯 흠칫 몸을 떨었
다. 그리고 조금 다급하게 말했다.

"애들한테 말할 거야? 학교 가서?"

…?? 그런 얘기를 왜 하지. 밑도 끝도 없이. 하지만 그 불안을 나도 모르지 않았다. 나 역시 그런 생각을 했었으니까. 저 애가 내일 학교에 가서 내 벗은 몸에 대해 자기 친구들에게 말할까 봐 불안했다. 서로 눈을 피하고 있었던 이유는 그런 서로의 불안 때문이었을 것이다.

요구르트는 뇌물이었구나. 내가 고개를 젓자 그 애 얼굴에서 그늘이 조금 옅어진 것 같았다. 역시 내 기분 탓이었을까.

"나도 말 안 할게."

"응."

"근데… 털 나는 거 너무 싫지 않아?"

응. 싫다. 가끔 간지럽기도 하고 무엇보다 남들에게

내 몸을 보이기가 꺼려진다. 물론 내가 아는 모든 어른은 다 털이 있다. 소수를 제외하면 모두 같은 위치에 털이 있다. 그건 그들이 다 자란 어른이라고 말해주는 어떤 표식 같기도 했다. 하지만 나는 아직 어른이 아니다. 다 자라지 않았다. 그런데 이런 왜소한 몸에 털이 자라나고 있다. 아주 창피한 모양새를 한 볼품없는 털이.

어른들의 몸에 자리 잡은 털은 털마저도 어른스러운 자태가 느껴졌는데, 어쩐지 내 몸에서 자라는 털은 엉뚱한 곳에 자리를 잡아 어쩔 수 없이 기생하는 것처럼 이상했다. 더 크면 달라지는 걸까. 달라지지 않으면 어쩌지. 이런 볼품없는 걸 평생 달고 살아야 하는 건가. 달라지는 것에 대한 불안과 그것을 내보이고 싶지 않은 부끄러움을 다른 또래들도 느끼고 있었을까. 나는 그때 처음으로 타인과 비밀을 공유할 때 찾아오는 내밀한 친밀감 또는 해방감을 느꼈다.

엄마에게 이런 이야기를 하면 엄마는 더 이상 묻지

말라는 듯한 엄한 얼굴로 "원래 다 그런 거야"라고만 말
했다. 눈앞에 있는 아이의 표정과 몸짓을 보니 다른 집
도 그런 모양이다("이런 말은 어디 가서 하면 안 돼. 부끄러
운 이야기야").

하지만 사춘기다운 호기심 때문에 마냥 입을 다물고
있을 수만은 없었다. 그래서? 왜 하면 안 되는데? 세상
모두가 털이 자라고 원래 그런 건데, 왜 부끄러운 일처
럼 행동해야 하는 거지?

"응. 싫어. 정말 싫어."
"그치! 가슴도 아파 죽겠어."
"맞아!"

우리의 대화는 자연스럽게 다른 신체 변화로 흘러갔
다. 사실 나는 가슴 통증이 그리 심하지 않았지만 일단
맞장구를 쳤다. 어렵게 얻은 동지인데, 말 한마디로 잃

게 되면 아깝지 않은가. 한참을 서로의 말에 "맞아, 맞아" 하다 보니 요구르트는 다 비워졌다. 그 아이는 내게 손을 흔들고 자기 엄마한테 돌아갔다. 끝까지 그 애의 이름은 기억나지 않았다. 내일 학교에 가면 제대로 인사하고 이름을 물어봐야겠다고 생각했다.

그 후로는 조금 편한 마음으로 목욕탕에 갔다. 다들 아무렇지 않은 얼굴을 하고 있지만 그저 티를 내지 않을 뿐, 불편한 비밀 하나쯤은 숨기고 있다는 것을 알았기 때문이다. 또래의 다른 누군가를 만나더라도 전처럼 마음이 불편할 것 같지 않았다.

그렇게 자란 나는 이제 엄마 없이도 혼자 목욕탕에 잘 간다. 심지어 즐긴다. 간혹 혼자 오신 다른 아주머니들과 연합하여 서로의 등을 밀어주기도 한다. 아직 먼저 제안할 깜냥은 안 되지만 누군가 사근사근 다가와 때수건을 내밀면 덥석 받아 든다.

고대 로마인들은 대중목욕탕에서 휴식과 친목을 즐겼다고 한다. 그 마음을 십분 이해한다. 걸친 것 하나 없이 그저 나 하나만 보여줄 수 있는 공간이 목욕탕 말고 또 있을까. 사람들은 몸에 걸친 것과 입은 것을 통해 자신을 과시하려다 진짜 자신을 보여줄 기회를 잃곤 한다. 모두 동등하게 발가벗은 틈에서 이야기를 나누는 일은 분명 친목에 도움이 되는 것 같다. 그 아이와 잠깐 나눈 대화에서 깊은 친밀감을 느꼈던 것처럼 말이다.

　요즘에도 혼자 목욕탕에 가면 그때 우연히 마주친 동지를 떠올린다. 끝내 학교에서 아는 척하며 이름을 물어보는 일은 없었지만, 지금도 영 나쁘지만은 않은 순간으로 기억한다. 덕분에 목욕탕에서 누군가 불쑥 다가와 등을 밀어달라고 하든, 화장실이 어디 있냐고 묻든 놀라지 않는다. 뜬금없이 털 얘기도 했었는데 뭘, 새삼스럽게.

~~~~~~~~~~~~~~~~~~~~~~~~~~~~~~~~~~

언니는 왜 수염이 있어?

아이들은 솔직하다. 그 솔직함이 깜찍할 때도 있지만 끔찍할 때도 있다는 것을 알 만한 사람들은 다 알 것이다. 나도 그중 하나고.

사실 나는 내 외모를 두고 크게 고민해 본 적이 없었다. 사춘기 시절에도 흔한 여드름 고민조차 없었다. 어렸을 때는 '조금 남자애처럼 생겼다'는 말을 종종 듣기는 했다. 중학교 교복을 맞추러 갔을 때는 남자 교복을 추천받아 당황스럽기도 했지만, 그땐 그럴 만했다. 초등학교 졸업과 동시에 오래 고수해 온 긴 머리를 짧게 잘라버렸는데, 내가 어렸을 땐 여자애가 남자애처럼 짧은 머리를 하는 경우가 드물었다. 게다가 나는 (좋게 말해서) 약간 중성적으로 생겨서 사람들이 그런 오해를 하는 건 충분히 이해할 수 있었다.

중학교에 다니는 동안에는 1학년 때를 제외하고 늘 단발머리였다. 처음 커트 머리를 하고 중학교에 입학하니 온통 육상부냐고 물어보고, 여학생은 단발이어야 한다는 학교의 압박 때문에 머리를 길러야 했다. 단발머리에 큰 불만은 없었다. 중요한 건 그쯤에는 내가 절대 남자애로 보일 수 없었다는 사실이다. 실제로 중학교 1학년 때를 제외하고는 단 한 번도 남자로 오해받은 일이 없었다.

그런 내가 열여섯 살 때 처음으로 외모에 자괴감을 느낀 일이 벌어졌다. 누군가를 상처 입히는 건 아주 쉽다. 솔직하면 된다. 그냥 눈에 보이는 그대로 말하면 된다. 그리고 아이들은 '때 묻지 않은 순수함'이라는 특성 때문에 그게 가능하다.

당시 나는 교회를 다니고 있었는데, 주일에는 초등학교에 다니는 아이들과 함께 예배를 드렸다. 일주일에 한 번은 꼬박꼬박 만나는 만큼 우리는 꽤 오붓한 사이였다. 그런데 티끌 하나 없이 순수한 한 아이 때문에 오붓함이 거북함으로 바뀌고 말았다.

"언니는 왜 수염이 있어? 남자도 아닌데?"

…?? 나는 질문 자체를 이해하지 못했다. 아니, 그 와
중에 그래도 남자는 아니라고 알아서 부정해 줬으니 고
마워해야 할까. 그런데 수염이라니? 나한테 수염이 있
다고? 이제 막 열여섯 살이 된 나에게? 중학생 남자애
도 아니고 여자애인 나에게? 이게 무슨 호랑말코 같은
소리란 말인가.

굳이 또 친절하게 자신의 인중을 가리키며 "언니, 여
기가 까매"라고 못을 박는 아이의 말에 내 심장에도 못
이 박히고 말았다. 놀라기도 했지만 그때 느낀 부끄러
움과 수치심은 아직도 생생하다. 이제 와 생각하면 내
가 그때 왜 그런 기분을 느껴야 했을까 싶지만, 만약 지
금 그 소리를 들어도 나는 똑같은 심정일 것 같다.

교복상점 사장님이 남자 교복을 추천해 줬을 때에도 아무렇지 않았는데, 왜 수염이 있냐는 말 한마디에 그토록 수치심을 느꼈을까. 사실 사장님의 오해는 그럴 만했다. 당시 나는 남자애들이나 할 법한 커트 머리였고, 사장님에게는 열네 살짜리 여자애가 그런 모습을 하고 교복 치마를 맞추러 올 거라는 상상력이 없었다.

무엇보다 그때의 나는 스스로를 (오글거리지만) 만화책에 등장하는 남장을 해서 미소년처럼 보이는 소녀의 얼굴이라고 착각하고 있었다. 미안하다. 원래 그 나이에는 조금 현실 감각이 떨어지고 자기 객관화가 부족한 법이지 않은가.

그런 내게 '수염이 있다'는 말은 빼도 박도 못할 만큼 아름답지 못하고 추한 존재로 보인다는 뜻이나 다름없었다. 그냥 '남자 같은 여자'와 '수염 난 남자 같은 여자'가 주는 이미지는 애매하지만 분명 차이가 있다. 코미디언 박나래가 수염 없는 민경훈과 수염 있는 유병재로 분장했을 때의 온도차랄까. 물론 그 아이가 내게 '남자 같다'고 말하진 않았다. 그냥 남자도 아닌데 왜 수염이 났느냐고 물었을 뿐이다. 아빠는 수염이 있지만 엄마는 수염이 없으니까. 나를 '언니'라고 부르는 입장에서 순수하게 수염이 있는 저 사람을 정말 언니라고 불러도 될까, 오빠라고 고쳐 불러야 하는 건 아닐까 인지론적인 문제에 부딪혔을지도 모른다. 하여간 순수한 호기심이 문제다.

내가 '남자 같다'는 남들의 생각은 상관없는데, '수염 있는 여자'였다는 사실은 어마어마한 충격이었다. 나에게도 있었던 것이다. 아름다움에 대한 학습된 편견이. 여자에게는 수염이 없는 것이 정론이고, 하물며 아름다운 여성에게는 절대 있을 수 없는 일이라고 생각했다.

그래, 단순하게 그냥 '수염이 있는 존재'는 아름답지 않다고 생각했다(유병재 씨 죄송합니다). 미소녀는 바라지도 않았는데, 미소년도 될 수 없었다. 수염 난 미소년은 없으니까! 삶이 이렇게 가혹할 줄이야.

그 아이는 아주 당연하다는 듯이 수염은 남자에게만 난다고 말했다. 나도 그런 줄 알았다. 남자는 수염이 있는 존재, 여자는 수염이 없는 존재. 그게 당연한 줄 알았다. 그래서 내 인중이 조금 거뭇거뭇한 것을 의식해본 적도 없었는데, 그날 깨달아버리고 말았다. 아, 나 수염 있구나.

선악과를 먹은 아담과 이브가 서로의 벗은 몸을 부끄럽게 여기고 옷을 지어 입는 번거로운 짓을 하기 시작한 것처럼, 나는 그다음 날부터 아침 일찍 일어나 아빠의 면도기를 훔쳐 인중의 거뭇거뭇한 것들을 살살 깎아내는 번거로운 일과를 시작하게 됐다.

하지만 이때만 해도 몰랐다. 진정한 번거로움은 시작도 하지 않았다는 것을.

위쪽은 밀면 되는데 아래쪽은?

비키니는 내 인생에서 가장 어려운 난이도의 옷이다.
비키니를 입게 된 그 순간까지도 평생 비키니를 살 일
은 없을 줄 알았다. 비키니를 입은 나의 모습은 상상만
해도 부끄러웠고, 그 부끄러움이 나만의 부끄러움일까
싶었다. 나는 역지사지를 아는 지성인이니까.

20대 중반이 되어서야 처음 워터파크라는 곳에 가봤
다. 처음이어서 그랬을까. 친구들과 나는 다 같이 비키
니를 입기로 대동단결했고 모두 비슷한 마음이었다. 젊
음의 치기 한 스푼. 친구들도 입는데 나라고 못 입을까
억지 한 스푼. 억지인 걸 알면서도 속아 넘어가고 싶은
자기 합리화 한 스푼. 물론 쉽지는 않았다. 고민은 배
송만 늦춘다는 말처럼, 결국 워터파크에 가기로 한 5일
전에야 비키니를 주문했다.

비키니는 다행히 전날 도착했지만, 예상치 못한 위기
들이 터져 나왔다. 첫 위기는 가슴에서 시작됐다. 처음

입어본 비키니 상의는 예상 이상으로 실망스러웠다. 나는 한 번도 나의 가슴에 실망해 본 적이 없었다. 어디까지나 몸에 비해 적당한 크기라고 나름 자부했기 때문이다(어디서 시작된 합리화인지는 모르겠으나). 그런데 이 두 뼘만 한 비키니 쪼가리가 나를 좌절시켰다. 소비자의 사정을 잘 아는 것인지 두꺼운 뽕이 동봉되어 있었다. 그렇게 한 번의 위기를 넘겼다.

두 번째 위기는 바로… (예상하셨듯) 털이다. 비키니로 가려도 보이는 이 거뭇거뭇하고 꼿꼿한 친구들을 어찌해야 할지 갈피를 잡을 수 없었다. 아니, 그러니까, 위쪽은 밀거나 뽑으면 되는데 아래쪽은? 이건 어떻게 해야 해? 그간 가져보지 못한 초유의 의문에 맞닥뜨렸다.

급한 대로 친구를 찾았다. 워터파크에 가기 바로 전날이었으므로 민망하고 아니고를 따질 겨를이 없었다. 답은 '밀어라'였다. 다시 물었다. 어디까지? 친구가 답했다. '알아서.' 그래서 네이버를 찾았다. 나만 몰랐던 놀라운 세계가 그곳에 있었다. 처음으로 '브라질리언 왁싱'이라는 말을 알게 됐다. 제모에도 종류가 있고, 심지어 상황 또는 옷차림에 따라 종류가 다양하다는 것도 알게 됐다. 와우.

정말이지, 어떤 고생을 했는지는 서술하지 않겠다. 그 자세한 과정을 굳이 활자로 옮기고 싶지 않을뿐더러 굳이 그걸 읽고 싶지 않을 것 같다. 나는 역지사지를 아는 지성인이니까.

일단 밀어봤다. 비키니를 비집고 나오지 않을 정도로만. 몽땅 밀어버리는 것은 아무래도 당시의 나에게는 난이도가 있었기에 양심껏 능력껏 남겨가면서. 하지만 일련의 비장한 과정을 거치고 다시 비키니를 입어보고 나서야 깨달았다. 밀고 남은 녀석들이 너무 꼿꼿하다는 사실을. 안 되겠구나. 뒤늦은 깨달음은 언제나 당황스러운 법이다. 선비 같은 꼿꼿함도 조선 시대 때나 칭찬

받지, 비키니를 뚫고 빼꼼 모습을 드러낸 그 꼿꼿함에
는 차마 장하다 할 수 없었다. 지금도 그 순간을 생각하
면 두 손이 절로 공손하게 앞으로 모아진다.

그렇다고 비키니를 포기했느냐, 아니었다. 어쨌든 당
장 입을 수 있는 수영복이 손에 든 비키니뿐이었으니
까. 요즘처럼 총알 배송 시대도 아니었으니 어떻게든
입어야만 했다. 더 꼼꼼하게 한 번 더 고통과 민망함을
참아보는 수밖에.

간밤에 그 난리블루스를 춰놓고 당일에는 비키니 위
에 티와 반바지를 입었다. 잠도 안 자고 대체 왜 그랬단
말인가. 하물며 비키니를 입겠다고 그렇게 벼르던 친구
들도 나와 같은 꼴이었다. 그때 깨달았다. 비키니는 속
옷이구나. 아니, 나는 속옷을 입겠다고 그 난리를 친 것
인가. 대체 무엇을 위한 대공사였단 말인가. 친구들도
샤워장에서 조금 놀라워했다. 내가 거기까지(?) 해낼

수 있을 거라곤 생각하지 못했나 보다.

　이제는 수영복을 입을 때 굳이 제모하지 않는다. 해변이나 워터파크에서 수영복은 그저 물에 젖어도 금방 마르거나 물을 많이 먹지 않는 기능성 속옷일 뿐이라는 것을 알게 되었기 때문이다. 수영복만 입은 모습을 누군가에게 보일 필요가 없다는 것을 참으로 어렵게 깨달았다. 그래, 보이지 않는다면 굳이 왜? 나는 그렇게 결론 내렸다.

게으르거나 본전이거나

모나리자는 세계가 인정하는 '미소'의 대명사다. 오묘한 표정, 시대를 보여주는 섬세한 화풍이 일품이지만, 미술 책에서 처음 그녀를 봤을 때 나는 조금 다른 생각을 했었다. 뭐랄까. '눈썹이 너무 없는데?' 하는 생각. 또 뭐랄까. '이게 정말 아름다운가?' 이런 생각들. 짙고 숱 많은 눈썹을 선호하는 오늘날을 살고 있는 나로서는 의아할 수밖에 없었다.

역시 아름다움의 기준은 시대마다 다른 법이다. 몇백 년 전 유럽에서는 털이 없는 여자를 미인으로 여겨서 동인도 회사를 설립한 잉글랜드의 여왕인 엘리자베스 1세는 미인이 되기 위해 눈썹은 물론 속눈썹까지 모조리 뽑았다고 한다. 여왕이 한다는데 그 시대를 살던 다른 여자들은 더하면 더했지 덜하진 않았을 테고. 게다가 넓고 둥근 이마 라인을 선호해서 이마 앞쪽의 머리카락까지 모두 뽑았다는데⋯ 이 정도면 미인의 기준은 털의 유무가 아니라 고통을 잘 참느냐 못 참느냐가 아

닐까 싶다. 한편으로는 조금 부럽기도 하다. '얼굴과 몸에 털이 없어야 한다.' 미인의 기준이 아주 명확하지 않은가.

지금은 사정이 다르다. '미인'이라는 소리를 듣기 위해 제모하지 않는다. 그저 평범한 인간 여자라고 여겨지기 위해 제모한다. 여자는 매끄러운 겨드랑이와 종아리가 기본이니까. 눈총을 피하려면 감내해야 하는 아주 당연한 과제인 셈이다.

여느 때와 같은 날. 나는 과제 수행을 위해 바닥에 주저앉아 탁상용 거울을 앞에 두고 한쪽 팔을 들어 올렸다. 당분간은 겨드랑이를 신경도 쓰지 않겠다는 모진 마음을 먹을 때면 취하는 아주 고전적인 자세다. 그 상태에서 족집게로 하나하나 털을 뽑아내는 것이다.

제모 테이프나 왁싱을 추천하는 사람도 있지만, 그것들은 나의 억센 털 앞에서 모두 무용지물이었다. 제모

느커녕 피부에 들러붙은 끈끈이를 오일이나 클렌저로 닦아내는 게 더 일이고, 레이저 제모는 어쩐지 내키지 않았다. 유난인지 모르겠으나, 털에 관해서는 내 선에서 해결하고 싶은 개인적인 고집이 있다.

하다 보면 묘한 쾌감도 있다. 블랙헤드를 말끔히 뽑아냈을 때와 비슷한 그런 변태적인 쾌감. 아무튼 그렇게 하나하나 털을 뽑다 보면 아무 생각이 안 들기도 하고, 또 오만 생각이 다 들기도 하는데, 가장 자주 생각나는 인물이 모나리자와 엘리자베스 1세다. 아름다움을 위해 눈썹과 속눈썹, 이마의 잔머리까지도 뽑아내야 했던 그녀들.

그녀들은 어떤 생각을 하면서 속눈썹을 뽑아내는 아찔한 고통을 참았을까(겨드랑이털 뽑는 것보다 더 아팠을 것 같은데). 내가 그 시절의 그녀들을 떠올리듯 자신보다 과거의 아름답다 칭송받았던 다른 여자들을 떠올렸을까. 아름다움을 외면하며 살 수 없었던 수많은 여자들을 떠올리며 그래도 지금이 낫다, 그렇게 자위했을까.

이제는 매끈할 때보다 수북할 때 더 관심을 받는다. 낮에도 하늘에 별이 떠 있지만 누구도 말하지 않는 것처럼, 눈에 보이지 않는 건 말하지 않지만 그게 보이는 순간은 또 귀신같이 짚어낸다. 그렇다면 내 몸의 털들은 별과 동급인가. 별도 밤에는 당당히 빛을 발하는데, 나의 털들에게는 그런 밤이 찾아올 수 있을까.

* 모나리자 그림에 눈썹이 없는 이유에 대해서는 여러 추측이 있다. 시간이 부족해서 완성하지 못했다는 설도 있고, 당시 눈썹과 속눈썹을 뽑는 게 유행이었다는 설도 있다. 최근에는 첨단 기술을 통해 눈썹을 그렸던 붓 자국을 발견했다고. 진실은 그림을 그린 레오나르도 다빈치만 알겠지. 어쨌든 리자 부인이 당시 유행을 따른 것이 아니라면, 그저 동질감을 형성하고 싶었던 나의 오해라면, 미안하다.

~~~~~~~~~~~~~~~~~~~~~~~~~~~~

괜찮아, 네 털쯤은

친구로 1년, 연인으로 4년을 함께하다 최근 결혼한 J와 나는 일찌감치 '털밍아웃(털+커밍아웃)'을 했다. 한겨울에 너무 추우니까 잠시 쉬어 가자는 데에 의견 일치를 본 우리가 찾아든 작고 깔끔한 모텔에서.

연인이 되고 나서 1년 정도는 나름 꾸준히 제모했다. 언제 어떤 순간이 찾아올지 모르기 때문에 J를 만날 때는 항상 준비가 된 상태(?)를 유지했다. 생각보다 이게 아주 번거롭고 귀찮은 일이라서 몇 번이나 포기하고 싶은 순간이 있었으나, 그래도 1년은 버텼다. 기특하다. 이런 게 사랑의 힘일까.

나도 사람인지라, 그날 하루 방식했는데 하필 날이 추워도 너무 추웠다. 무엇보다 연애한 지 1년쯤 되니 J의 반응도 대충 그려졌다. "그래? 그렇구나." 딱 이 정도가 아닐까. 그는 워낙 감정 기복이 없고, 평소에도 나를 있는 그대로 받아들이는 사람이니까. 그렇다고 망설임이 아예 없었던 것은 아니다. 타인을 완전히 이해하고 안다는 것은 불가능하니 말이다.

최민석 작가의 《시티투어버스를 탈취하라》에 수록된 〈"괜찮아, 니 털쯤은"〉이라는 소설이 있다. 인간으로 태어났지만 점점 털이 수북하게 자라면서 원숭이의 모습으로 회귀하는, 일명 '원숭이 인간'의 이야기다. 그는 그 끔찍한 변화를 막기 위해 운동과 공부를 열심히 한다. 물론 면도도. 그 덕에 뇌도, 엉덩이도 섹시해지지만 또 다른 문제가 생긴다. 바로 사랑. 사랑에 빠져버린 것이다. 하지만 모든 것을 드러낼 용기는 없었기에 그녀를 생각할수록, 그녀에게 빠져들수록 두려워진다. 남자는 그 애석함을 담아 여자에게 말한다. "어쩌면 사람과 사람 사이의 관계는 '과연 이 사람이 내 마지막 비밀을 알고도 도망가지 않을 사람인지 끊임없이 확인하는 작업'인 것 같아."

내가 사랑하는 사람이 나의 치부를 견디지 못하고 떠날까 봐 조마조마하는 마음. 나도 그랬다. 믿었지만 한편으로는 불안했고, 자신 있었지만 한편으로는 석연치 않았다. 그래도 그 복잡한 감정의 기류를 뒤로 밀어놓고 솔직해지기로 했다.

역시, 나는 그를 잘 몰랐다. 그도 그냥 평범한 사람이었다. 오해도 하고 편견도 있고 자기만의 세계도 존재하는. 그저 남보다 그런 부분들을 밖으로 꺼내놓지 않는 사람일 뿐이었다. J는 내 예상보다 훨씬 놀란 듯했다. 나의 복슬복슬한 털들을 눈으로 조심스레 더듬으면서 내뱉은 한마디. "진짜 많다!" 이게 감탄인지, 길을 걷다 모퉁이를 돌았는데 불쑥 길이 아닌 벽이 나타났을 때의 놀라움 같은 거였는지는 구분할 수 없으나 단언컨대 정말 순수한 놀라움이었다.

그러더니 이렇게 털이 많을 줄 몰랐다며 웃는 게 아닌가. 지금껏 몰라봤던 자신의 아둔함에 실소에 가까운 1차 웃음이 터졌고, 나와 내 몸의 털들이 어우러진 현실이 비현실처럼 느껴졌는지 그 몽환적(?)인 의외성에 2차 웃음이 터졌다. 1차와 2차의 간격은 아주 짧았다.

그냥 정말 재미있는 것을 봤다는 듯 웃었다. 제 눈으로 마주한 내 본연의 모습과 의외성에 무척 놀라 웃음이 터진 것이다. 네가 지금 그렇게 놀랄 수 있게 해준 지난날 나의 수고도 함께 알아주면 좋겠는데.

나는 이렇게도 그를 웃길 수 있다는 사실을 알고 뭐랄까, 알 수 없는 기분에 휩싸였다. 분명한 건 그게 조금도 수치스럽지 않았다는 사실이다. 그가 이렇게 묻지 않았기 때문이다. 왜 안 밀었는데? 혹은 그걸 왜 보여주는데?

그가 눈살을 조금이라도 찌푸리며 말했다면 내 기분이 어땠을까. 알 수 없다. 그는 그저 나의 고백에 웃었을 뿐이니까. 정말로 나는 털이 하나도 없는 여자라고 생각했다는 그의 말에 내가 더 놀랐다. 털이 없는 사람이 어디 있냐며 어이없어하는 나에게 "여자들은 털 없

지 않아?"라고 순진하게 반문하는 게 아닌가. 그 순진
함에 이상한 안도감이 들었다. 음. 여자, 많이 안 만나본
걸로 생각해도 될까, 이거?

그의 웃음소리를 배경 삼아 나는 차분히 고백했다.
수염은 면도기로 주 1~2회, 손가락에 난 털은 2~3주에
한 번, 겨드랑이는 노출이 있을 경우에만 밀고 겨울은
비수기라서 거의 그대로 유지된다고. 여름에는 다리털
도 미는데 긴 바지를 입는 날에는 밀지 않는다고. 그날
이후로 그는 항상 나의 옷차림에 따라 나의 털 상태를
추리한다. 그런 그가 귀엽기도 하고, 뭐 이런 남자가 있
나 싶기도 하고.

그 추운 날 함께 찾아든 모텔에서 그의 눈빛과 행동
이 말해줬다. 괜찮아, 네 털쯤은. 그는 나에게 털을 밀라
고 하지 않는다. 내가 밀지 않으면 그냥 그렇구나 할 뿐
이다. 털이 덥수룩한 나를 보고 눈살을 찌푸리거나 차

갑게 식은 눈빛을 하지도 않는다. 사랑의 힘이라고 해석하고 싶지는 않다. 그냥 그가 그런 사람이라 다행일 뿐이고, 그저 내가 사람 보는 눈이 있었던 거지(으쓱).

그에게도 나라는 사람에 대한 나름의 판단이 있었다. '털이 없어 보인다'는 판단. 그리고 나는 그 판단을 유지하는 데 일조해 왔다. 친한 친구들마저도 내가 털밍아웃을 하면 "안 그래 보이는데?" 하면서 놀란다. 털이 많아 보인다고 하는 것도 썩 유쾌한 반응은 아니겠지만.

만약 이 글을 읽으면서 '내 주변에 진짜 털 없는 사람 있는데?' 하며 누군가 떠오른다면(털 없는 것이 선천적인지 후천적인지는 본인의 사정을 들어봐야 아는 것이다), 그건 당사자의 부지런한 노력 덕분이다. 내가 그랬듯이.

이제는 나에게 수치심을 안겨주었던 인중의 수염을 밀지 않는다. J의 수용 덕분이다. 연인인 J도 신경 쓰지 않는데 누가 뭐라든 무슨 상관이란 말인가. 그래도 여전히 결혼식이나 일과 관련된 자리에 나갈 땐 내 몸을 훑어보며 고민한다. 밀까 말까. 이런 고민에서 벗어날 수 있는 안식처가 나에겐 J이다. 남들이 당연히 신경 써야 한다고 말하는 것들을 나의 편의에 따라 신경 쓰지 않을 수 있는 안식처. 이런 식의 안식처가 많아져 결국 안식처의 의미가 무색해지는 날이 올 수 있을까.

～～～～～～～～～～～～

겨터파크 개장했습니다

내 동생은 다한증이 심하다(개인적인 고충을 이런 식으로 공개해서 미안하다). 어릴 때는 아니었는데 크면서 땀이 점점 많아졌다. 몸에 열이 많아졌다고 해야 하나. 정말 별일 아닌데도 항상 땀을 흘렸다. 나는 비교적 땀이 없는 편이라서 동생이 '참 안됐다, 힘들겠다' 정도로만 생각했다. 지금 생각하면 매정한 누나였다. 땀이 많이 나는 건 그냥 '참 안됐다, 힘들겠다' 정도로 넘어갈 일이 아니란 걸 머지않아 곧 알게 됐으니.

내 몸에 무슨 문제가 생긴 건지는 알 수 없다. 그냥 어느 날부턴가 갑자기 땀이 나기 시작했다. 그것도 겨드랑이에. 다른 부위는 괜찮았다. 마치 땀이 겨드랑이만 가두고 패는 느낌이랄까(이 정도면 '이까짓, 털'이 아니라 '이까짓, 겨드랑이'로 책 이름을 지어도 될 만큼 겨드랑이가 계속 나온다).

곤란했다. 색이 있는 옷을 입으면 그곳만 색이 진해졌다. 이 고충… 아마 아는 사람 많으리라. 일명 '겨터파크(겨드랑이+워터파크)'는 긴장하거나 술을 많이 먹으면 심해졌다. 술을 마시면 더워지고, 더우면 겨드랑이에서 땀이 난다. 콧잔등조차 땀이 나지 않는데, 왜 여기만 젖어드는 걸까.

친한 친구들과의 술자리가 아니고서야 신경을 안 쓰래야 안 쓸 수가 없었다. 나보다 빨리 나의 겨터파크를 눈치 채고 모른 척해준 사람들이 분명 있었겠지. 직접 말은 못 해도 무척 고맙게 생각한다. 이 자리를 빌어 심심한 감사의 인사를 전한다.

아무튼 갑자기 발발한 겨터파크를 수습하기 위한 습관이 하나 생겼는데, 아마 시트콤이나 영화에서 본 적 있을 것이다. 나이 지긋한 남자들이 식당에서 물수건으로 얼굴과 목을 닦고 겨드랑이까지 스윽스윽 훔치는 장면. 처음 그 장면을 봤을 땐 경악스러웠다. 더 솔직하게는 더럽다고 생각했다. 이해할 수도 없었다. 겨드랑이를 대체 왜 닦는 거야? 시원하라고?

그랬던 내가 이제 그러고 있다. 한여름, 혹은 무르익은 술자리에서 화장실에 갈 때면 그 행동을 습관처럼 반복한다. 혹시 옷이 젖지는 않았는지. 그 탓에 냄새가 나는 건 아닌지 확인하면서.

인간의 겨드랑이털과 음모 근처에는 아포크린샘이라는 땀샘이 존재한다(갑자기 분위기 생물학). 이게 다른 동물의 경우에는 페로몬을 뿌리는 땀샘이지만, 인간의 경우는 그 기능이 퇴화해서 그냥 독특한 체취를 풍기는 땀샘이 되었다고 한다. 간혹 그 독특한 체취를 페로몬이라고 하는 사람들이 있는데 글쎄, 겨드랑이 냄새를 맡으며 성적 흥분을 느끼는 이들의 세계 또한 내가 너무나도 알 수 없는 미지의 영역이다.

어쨌든 겨드랑이털 제모를 하는 이유에 이것도 포함된다. 집에 혼자 있을 때야 이틀이든 사흘이든 안 씻고 냄새가 나도 무슨 상관일까. 하지만 인간은 사회적 동물이고 무엇보다 입고 먹는 것을 해결하려면 경제 활동을 해야 한다. 사회적이면서 경제적인 동물로 살아가야 하니 남의 시선을 신경 쓰지 않을 수가 있나. 무엇보다 냄새나는 인간이라니. 종종 사람들은 냄새나는 남자보다 냄새나는 여자에게 더 야박하다. 남자는 원래 땀이 많고 좀 더러울 수 있다고 이해하는 모양이지만 여자는 땀이 많아서도 안 되고 좀 더러워서도 안 되는 존재라고 이상화한다.

그래서 슬쩍 따라 해봤다. 일단 급하니까 당장 촉촉하게 차오르는 겨드랑이의 땀을 해결하려면 그 방법밖에 떠오르지 않았다. 그런데 이게 은근 중독성 있다. 한 번도 안 해본 사람은 있어도 한 번만 하는 사람은 없다는 말을 이럴 때 쓰는 걸까.

처음엔 이게 무슨 짓인가 싶었다. 하지만 당장 효과가 있으니 반복했다. 이게 조금 더 쾌적하고 만족스러우려면 털을 밀어야 했는데, 여름에는 어차피 밀어야 하니까 어려울 것도 없었다.

그런데 언제부턴가 겨드랑이가 따갑고 쓰리기 시작
했다. 겨드랑이는 다른 곳보다 연약하고 예민한 피부라
서 보통 화장품 테스트도 겨드랑이에 해보라고 권장한
다던데 그 여리디여린 곳에 면도기 슥-슥- 물티슈 박-
박- 해댄 탓에 탈이 나고 말았다. 어느 순간부터 겨드
랑이가 접힐 때마다 통증이 일었다. 따갑고 간지럽고
누가 꼬집은 것처럼 주위가 빨갛게 부풀었다. 겨드랑이
에서 땀이 나는 게 문제가 아니었다. 쓰라려서 자연스
럽게 팔을 내려놓을 수가 없었다. 어정쩡하게 팔을 몸
통에서 떨어트려 놔야 통증이 덜했다.

"팔을 왜 그러고 다녀? 어디 깡패한테 인사하는 것
마냥."

보다 못한 엄마가 물었다. 며칠 상황을 더 지켜보려

고 했지만 그 한마디에 바로 병원에 갔다.

결국 접촉성 피부염 진단을 받고 한동안 우울했다. 다른 이유가 아니라 그냥 아프고 신경 쓰여서. 그리고 허탈해서. 나름 좋은 방법이라고 생각했는데 이런 부작용이 생길 줄이야. 그럼 앞으로는 어떻게 하지. 흰옷만 입어야 하나? 아니 검은 옷은 괜찮나? 나는 왜 쓰린 겨드랑이에 통풍 잘되라고 두 팔을 들어 올린 채 이런 생각을 하고 있는 걸까.

어디서부터 잘못된 거지?

엄마의 눈썹 문신

엄마는 결혼을 일찍 해서 내 또래 엄마들에 비해 젊은 편이라 어릴 때는 함께 시장에 가면 "이모 아니냐"는 가게 사장님들의 너스레를 종종 들었다. 젊은 엄마는 어린 나의 자랑이었다. 친구 같은 엄마. 나는 그런 엄마가 좋았다. 놀랍게도 우리 엄마는 나와 달리 털이 별로 없다. 머리카락을 제외한 모든 부위가 피부는 하얗고, 털은 가늘고, 숱도 많지 않다.

얼마 전 거실에서 함께 텔레비전을 보는데 엄마가 불쑥 눈썹 문신 이야기를 꺼냈다.

"엄마 친구들은 다들 하던데 나도 할까 봐."
"엄마가 왜?"
"눈썹이 없잖아. 이거 봐."

… 차마 "아니네, 눈썹 있네"라고 할 수 없었다. 하지만

다른 아줌마들처럼 가늘고 날렵한 눈썹을 그려 넣은 엄마의 얼굴을 상상할 수가 없어서 다급하게 입을 열었다.
"내가 눈썹 다듬어줄게!"

그로부터 한 시간 후. 엄마는 친구들과 눈썹 문신을 할 거라며 선언하듯 나가버렸다. 나는 망연하게 눈썹 칼을 손에 든 채 엄마를 배웅했다. 내 눈썹도 잘 못 다듬으면서 남의 눈썹에 칼을 댈 생각을 하다니. 엄마 미안.

그보다 눈썹 문신이라니. 나는 평생 까맣고 숱 많은 눈썹을 달고 살았기 때문에 고려해 본 적이 없는 미용 시술이었다. 엄마도 그렇다고 생각했다. 나의 까맣고 숱 많은 눈썹은 엄마와 아빠가 함께 만들어낸 가장 도드라진 결과물이었으니까.

그런데 정말 오랜만에 자세히 들여다본 엄마의 얼굴에는 어린 시절 내가 좋아했던 젊고 건강한 엄마의 얼굴이 흐리게 남아 있었다. 나이가 들면 주름이 생기는 건 당연하니까 한 번도 엄마의 주름을 유난하게 생각해 본 적이 없었다. 하지만 나이가 들면 털이 빠진다는 사실은 당연하게 생각해 본 적이 없어서 조금 당황했다. 아니, 어릴 적 젊고 건강해 보였던 엄마의 얼굴이 이제 듬성듬성해진 눈썹 때문에 힘이 없어 보여 당황스러웠다. 엄마는 늘 그 모습 그대로 내 곁에 있어줄 거라고 생각했기 때문일까.

지금껏 거울 속의 나를 통해서는 겪어보지 못한 일이었다. 어디서든 쉽게 볼 수 있는 아줌마들의 똑같이 생긴 날렵한 갈매기 눈썹이 바로 그런 걱정의 결과물이었다니. 알고는 있었지만 아는 것과 실감하는 것은 큰 차이가 있었다.

눈썹 문신은 엄마 또래의 중년 여성들만 하는 건 아니다. 요즘에는 성별을 가리지 않고 젊은 사람들도 즐겨하는 시술이다. 눈썹이 너무 옅은 경우 또는 그 모양새가 다듬기 쉽지 않을 정도로 험(?)한 경우 아예 깨끗하게 밀어버리고 눈썹 문신을 하기도 한다고. 어쨌든 중요한 것은 보기 좋으라고 하는 것이다. 나에게나 남에게나.

엄마도 그런 생각을 할 만큼 스스로의 외모를 평가하고 있었다. 또한 점점 옅어지는 눈썹을 걱정할 만큼의 나이가 된 것이다. 그런 줄도 모르고 겁 없이 눈썹 칼부터 들다니. 엄마, 미안.

처음 이야기를 들었을 때 덜컥 들었던 거부감이 씻은 듯 사라졌다. 부디 엄마의 눈썹 문신이 예쁘게 나오기를. 눈썹 문신도 시간이 지나면 흐릿해져서 리터치가 필요하다는데 리터치 할 때는 내가 용돈이라도 드려야지.

나도 언젠가 좀 더 나이가 들면 다른 고민을 하게 될까. 지금은 털이 많아 걱정인데 나이가 들면 털이 없어지는 게 또 걱정이라니 조금 억울하기도 하다. 이러나저러나 (털) 걱정이구나.

〰〰〰〰〰〰〰〰〰〰

거기 털을 어쨌다고요?

일과를 끝내고 여유롭게 텔레비전을 틀면 수많은 예능 프로그램이 나를 유혹한다. 이걸 볼까 저걸 볼까, 습관적으로 채널을 돌리다가 그냥 아무 이유 없이 흥미를 끄는 채널에 정착한다. 그 날은 운명처럼 〈라디오스타〉에 리모컨을 고정했다. 평소 즐겨 보는 프로그램은 아니었지만 그날따라 내 이목을 사로잡은 포인트가 두 가지 있었다. 훤칠한 남성 게스트들이 줄줄이 앉아 있었다는 점. 그리고 그들이 털, 아니 왁싱에 대해 이야기하고 있었다는 점.

그들은 2018 월드컵의 주역이었다. 사실 나는 야구를 좋아하고 축구에는 별 관심이 없다. 전설의 2002년에도 축구에 홀로 열광하지 않은 뚝심 있는 사람이다. 하지만 그들의 대화 주제는 이 단단한 취향의 벽마저도 허물기에 충분했다. 그 주제는 바로 브라질리언 왁싱. 놀라워라. 그 단어를 남자들의 입에서, 그것도 공중파 방송에서 듣다니! 흥미로운 주제에 솔깃했다.

일단 브라질리언 왁싱이 뭐냐면, 이름에서 유추할 수 있듯 브라질에서 유래한 제모법이다. 노출이 많은 의상을 입고 춤을 추거나 비키니를 입을 때 체모가 보이는 것을 방지하기 위한 것이다. 1990년대에 브라질의 한 자매가 미국으로 넘어가서 확산시켰다고 한다.

이것도 부위별로 단계가 있다. 첫 번째는 비키니를 입었을 때 보이지 않을 정도로만 라인을 제모, 두 번째는 그 이상 음부의 모든 털을 제거, 세 번째는 항문에 있는 털까지 제모하는 것이다. 이 세세한 구분에 놀라움을 금치 못했다. 항문에 털이 난다는 사실을 항문의 털을 뽑는다는 사실을 인지한 순간 알게 되었기 때문이다(생각만 해도 나도 모르게 항문 근육이 조여든다).

축구 선수들이 굳이 브라질리언 왁싱을 하는 이유는 축구를 더 잘하기 위해서였다. 운동을 하다 보면 필연적으로 몸에서 땀이 나고 피부가 습해져서 습진이나 염증이 생겨 경기에 방해가 되기 때문이다. 그래서 한두 번 해봤는데 편해서 그냥 유지하기도 한다고.

비단 축구 선수만의 일이 아니었다. 수영 선수는 털로 인한 마찰을 줄여 기록이 더 잘 나오도록, 보디빌더는 기껏 만들어놓은 근육이 털에 가려지지 않도록 제모를 한다고 한다(기껏 곱게 화장했는데 마지막에 안경을 써야 하는 상황에서 느끼는 기분과 비슷할까).

예전에 J가 같이 브라질리언 왁싱을 해보면 어떻겠냐는 비범한 데이트를 제안한 적이 있었다. 이유를 물으면 이런저런 이야기 끝에 예약까지 해버릴까 봐 이유도 묻지 않고 거절했는데, 축구 선수들의 증언을 들으니 오 나도 한번 해볼까? 싶은 가벼운 마음이 들기도 했다. 왁싱을 어떤 아름다움과도 결부시키지 않고 합리적인 필요성을 가지고 이야기했기 때문일까. 아니면 제모와 전혀 상관없을 것 같은 남자들이 이야기해 호기심을 자극했기 때문일까.

내가 그랬듯, 대부분 제모는 여자들이 하는 것이라는 통념이 있다. 남자들은 굳이 하지 않는다고. 하지만 잘못된 통념이다. 남자들도 털에 신경 쓰지 않는 것 같지만 신경 쓰고 있다.

몇 년 전만 해도 전문 왁싱샵에는 여성 고객이 압도적으로 많았다고 한다. 하지만 지금은 대략 6 대 4 정도의 비율이 유지되고 있다고. 물론 여성이 6이다. 그래도 8 대 2도 아니고 7 대 3도 아닌 6 대 4라니. 조금 놀랍다. 요즘에는 유럽식 이발소인 바버샵도 유행이다. 미용에 관심이 많은 남자들이 비싼 값을 지불하더라도 턱수염 하나도 그냥 밀지 않고 내 취향에 맞게 가꾸는 것이다.

세상이 조금은 변했다. 남자들이 돈 주고 털을 뽑는다고 당당하게 말할 수 있는 세상으로. 이 와중에 왜 여자들은 털을 뽑는 것도, 뽑지 않는 것도 당당하게 말하기 어려울까. 출산을 앞두고 음모를 제거해야 하는 산모처럼 치료나 위생상의 문제를 떠나, 남성의 제모는

'취향'으로 변하는 동안 여성의 제모는 여전히 '(암묵적인) 필수'라는 점은 씁쓸했다. 그렇게 생각하면 정말 세상은 변하고 있는 게 맞는 건지. 예능을 보면서 나 혼자 다큐스러운 생각에 물드는 이상한 밤이었다.

아름답도록 포장된 사람들

전시회를 자주 가진 않지만, 좋아하는 작가의 전시는 꼭 챙겨 본다. 혼자 가는 걸 좋아하지만, 종종 누군가와 함께 가기도 한다. 너무 좋아서 그 취향을 공유하고 싶은 마음이랄까.

특히 에곤 쉴레의 그림은 더 많은 사람들과 나누고 싶다. 에곤 쉴레는 여성을 정말 사실적으로 그린다. 팔을 들고 있는 여성의 겨드랑이에는 까만 털이 있고, 옷가지를 걸치지 않은 상태에선 음모가 보인다. 야한 이야기를 하자는 게 아니다. 또 털 이야기다.

'대상화'라는 말이 있다. 어떤 사물을 일정한 의미를 가진 인식의 대상으로 만드는 것인데, 아주 오랫동안 여성은 대상화에서 벗어나기 힘들었다. '성적 대상화'의 대명사가 바로 마릴린 먼로다. 오래전부터 지금까지 많은 사람들이 마릴린 먼로를 성적 욕망의 대상으로 떠올린다. 나를 있는 그대로 좋아해 주는 것이 아니라 어떤 환상 속에 정해진 이상형으로, 그 틀 안에서 머물게

하는 것이다.

20세기 최고의 물리학자 파인만은 양자 역학을 이해할 수 있는 사람은 아무도 없다고 했는데, 이 양자 역학보다 어려운 것이 사람 아닐까. 사람을 온전히 이해하는 건 너무 어려워서 그 복잡하고 불확실한 인지, 이해, 수용 등의 과정을 건너뛰고 대상화해 버리는 것이다. 어떤 수단으로 취급하거나 정해진 틀에 상대를 넣어 생각하면 쉬우니까.

특히 '어머니'가 그렇다. 희생적이고 온순하며 순응하는 여자. 그 외의 성질은 부여하지 않는다. 이 기준에 부합하지 않으면 비난한다. 아주 간단하다. 이외에도 정규교육 과정 내내 미술 교과서에서 보고 자란 그림 속 여성들은 하나같이 부드러운 곡선, 매끄러운 살결, 티끌 하나 없는 몸, 풍성한 머리숱을 자랑했다. 어른들이 '좋은 것'이라며 보여주는 그림들은 대개 그런 명화였다.

그러니 에곤 쉴레의 그림이 얼마나 충격적으로 다가

왔는지 모른다. 인간의 몸을 아름답게만 표현하지 않은 과감함이 좋았다. 아니, 있는 그대로 표현해서 더 아름답게 보였던 걸까. 삐뚤삐뚤한 그의 그림에서 전에 없던 사실성을 맞닥뜨리자 카타르시스까지 느껴졌다.

평생 그림으로만 여자를 보고 산 남자가 결혼 후 첫날밤에 신부의 벗은 몸을 보고 놀라 달아났다는 이야기가 있다. 여자의 몸에 그림에서는 본 적 없는 털이 있었기 때문이다. 에곤 쉴레의 그림은 지금 봐도 그 적나라함에 입이 벌어지는데 그가 작품을 발표한 당시에는 더했을 것이다. 그래서 그의 그림이 좋다.

사람은 아름답지 않다. 아름답도록 포장된다. 실제 사람의 피부는 주근깨, 모공, 검버섯, 사마귀, 여드름, 털 등등으로 가득하다. 하지만 우리가 바라는 아름다움에 그런 것들은 없다. 주근깨도, 모공도, 검버섯도, 사마귀도, 여드름도, 털도 없다. 간혹 개성으로 받아들여지

지만 그건 주근깨가 있어도 사랑스러운 빨간 머리 앤에
한해서다.

19세기 철학자 버트런드 러셀은 저서 《게으름에 대
한 찬양》에서 미다스 왕의 일화를 '단순하지만 세상 사
람들이 깨우치기 어려운 교훈을 주는 이야기'라고 했다.
탐욕스러운 미다스 왕은 신에게 자기 손에 닿는 모든 것
을 황금으로 만들게 해달라고 빈다. 그 결과가 그 유명
한 '미다스의 손'이고, 왕은 결국 자기 손으로 딸마저 황
금으로 만들어버리고 후회하게 된다.

실존하는 여자의 벗은 몸을 보고 털이 있다는 사실
에 놀라 도망간 남자도 마찬가지다. 단순하지만 깨우치
기 어려운 교훈을 준다. 아름다움이란 황금과 비슷하
다. 모두가 원하고 쉽게 포기하지 못한다. 쟁취하기 위
해 부조리함을 견디고 불합리함을 감내한다. 그럴수록
포기가 어려워진다.

남자는 신부 본연의 모습을 받아들이고 첫날밤을 보

낼 수도 있었다. 신부를 있는 그대로 사랑할 수 있는 기회였을지 모른다. 하지만 남자는 그러지 못했다. 그가 바랐던 기준을 포기할 수 없었을 것이다. 고대 이집트 여성들은 첫날밤 전날 눈썹과 머리카락을 제외한 모든 털을 뽑았다는데, 그 신부도 그렇게 했어야 했을까.

아름다움이란 누군가 정해놓은 확고한 기준으로 존재해서는 안 된다. 오래 전 일이지만, 사람들이 인정하는 미인이 되기 위해 눈썹과 속눈썹, 이마의 털을 뽑는 고통을 참고 견디라고 하는 것은 부조리했다. 그런 폭력적인 기준에 휘둘려 남몰래 가슴앓이 하거나 상처받을 일이 없는 세상이 되기를 바란다. "미인 따위 안 해. 개나 줘버려"라고 말하는 누군가가 이상한 사람으로 취급당하지 않는 세상이 되기를 바란다.

에곤 쉴레의 그림이 충격과 끌림을 동시에 주듯 진짜 아름다움은 어디서 어떻게 변하고 받아들여질지 알 수 없으니까.

Egon Schiele

yumtokky

네가 왜 거기서 나와

누군가와 영화관에 갈 때는 영화 선택에 신중을 기하는 편이다. 영화에 대한 감상이 우리의 시간에도 막대한 영향을 미치니 말이다. 기껏 고른 영화인데 보고 나서 돈 낭비, 시간 낭비 했다는 생각이 들면 정말 괴롭지 않은가. 친구와 오랜만에 영화를 보기로 한 날. 개봉 당시 한참 이슈였고, 조금 야하다는 평까지 솔솔 들려오는 영화 〈색, 계〉를 고른 건 나름 심사숙고 끝에 내린 선택이었다. 당시에는 연애도 하고 있지 않았으니 그쪽(?) 이야기가 더욱 목마르기도 했고.

정말 가벼운 마음으로 영화관에 입장했는데, 다시 나올 때 우리 두 사람은 입을 열 수 없었다. 하고 싶은 말은 많은데 그게 심장 언저리에서 맴돌기만 할 뿐, 소리가 되어 나오지 않았다. 이걸 어쩌지. 무슨 말이라도 해야 할 것 같은데, 무슨 말을 한담. 그때의 분위기를 생각하면 둘 다 그런 마음이었던 것 같다.

영화는 일제 강점기의 홍콩과 상하이를 배경으로 친

일파 양조위를 암살하기 위해 모인 청년들이 엄중한 임무를 맡아 스파이가 되어가는 과정을 그린다. 특히 사업가의 아내로 신분을 위장하고 양조위에게 접근하는 탕웨이의 연기가 매력적이었다. 무엇보다 가감 없는 애정신. 어후. 아무래도 영화관에서 누군가와 함께 보는 건 무리수였던 것 같다. 그냥 집에서 혼자 숨죽이고 보는 게 좋았을 텐데(나에게나 친구에게나).

그래도 우리는 열아홉 살 때부터 청춘을 함께해 온 동지이다 보니 금세 말문이 트였다. 그런데 대화 방향이 조금 이상했다. 우리는 양조위의 엉덩이나 탕웨이의 가슴이 아닌 아주 짧게 스쳐 지나간 탕웨이의 겨드랑이 털에 대해 이야기하고 있었다. 가장 충격적이고 또 웃기는 장면이었다. 여자의 겨드랑이털을 그렇게 풀 스크린을 통해 볼 줄이야. 내 몸의 온갖 털은 숨기거나 밀고 나왔는데 영화관에서 그 털을 볼 줄이야.

탕웨이의 겨드랑이털에 놀란 것은 우리뿐만이 아니었다. 인터넷 검색창에 '색계'를 검색해도 연관 검색어로 '탕웨이 겨털'이 떴다. 감독은 영화의 완성도보다 겨털이, 탕웨이는 자신의 연기력보다 겨털이 주목받을 줄 알았을까.

국내 영화 〈러브픽션〉도 배우 공효진의 겨드랑이털로 화제가 됐었다. 극중 하정우는 연인 공효진의 몸 곳곳에 입을 맞추다 그만, 그녀의 겨드랑이털에 화들짝 놀라 몸을 뒤로 뺀다. 하지만 공효진은 당당했다.

〈색, 계〉는 시대 고증을 위해, 〈러브픽션〉은 기존의 여성상을 깨기 위한 장치로 여성의 겨드랑이털을 고스란히 보여줬다. 하지만 털은 몸의 일부다. 어떤 장면에서도 자연스럽게 나올 수 있어야 하는 거 아닌가? 물론 당시의 나는 이런 생각을 못 했다. 시대 고증 때문이라지만 겨드랑이털을 당당하게 스크린에 내놓다니 대단하다고 생각했다. 하물며 탕웨이가 직접 겨드랑이털을

치명-

기르는 것도 모자라 분장용 털을 덧붙이기까지 했다는 후일담도 놀랍기는 마찬가지.

영화든 드라마든 시대극은 많지만, 여성의 모습까지 고스란히 고증한 작품은 드물다. 매끈하게 제모한 여성의 상반신이 노출되는 것에 그동안 아무도 의문을 품지 않았다. 오히려 제모하지 않은 조선시대 여인의 모습을 상상할 수 없을 정도다.

버트런드 러셀의 《게으름에 대한 찬양》은 이렇게 시작한다. "복잡하기 그지없는 현대 사회에 꼭 필요한 것은 도그마엔 언제든 의문을 제기하는 마음 자세와 모든 다양한 관점들에 공정할 수 있는 자유로운 정신을 가지고 차분하게 숙고하는 일이다."

도그마는 곧 독단이다. 독단이란 충분한 근거나 증명 없이 일정한 설을 주장하는 것을 말한다. 시대가 여성에게 바라는 도그마가 바로 '무결한 아름다움'이다. 여기에는 혐오스러운 털이 없어야 한다. 하지만 왜 그래야 하는지에 대한 충분한 증명이나 근거는 없다. 유일한 근거라면 털이 있는 모습은 혐오스럽기 때문이랄까. 이마저도 일부 자본주의가 만들어낸 환상이다.

러셀이 살았던 19세기도 복잡한 현대 사회라면, 지금은 말도 못 할 정도로 복잡한 게 분명하다. 우리는 이 복잡한 현대 사회를 잘 살아내고 있는 걸까. 어느 시대든 기존의 상식이나 독단에 의문을 제기하는 건 어렵다. 아니, 의문을 갖는 것조차 쉽지 않다. 하지만 지금이야말로 '언제든 의문을 제기하는 마음 자세와 다양한 관점에 공정할 수 있는 자유로운 정신, 그 모든 걸 혐오라는 감정적인 오염 없이 차분하게 숙고하는 일'이 필요하다. 그동안 당연하게 생각했던 것들을 다시 생각하고 뒤집어 볼 시간이다.

선택권 없는 순백의 주인공

미용실에 갈 때는 엉덩이 힘과 약간의 용기가 필요하다. 짧게는 30분에서 길게는 몇 시간 동안 열심히 수다를 떨든, 수도승처럼 묵언 수행을 하든 나에게는 고행이니까.

최근 미용실에 간 것은 결혼식 때문이었다. 검은 머리보다 약간 밝은색이 결혼식 당일에 모양을 내기 좋다는 웨딩 플래너의 강력한 권유 때문에 하는 수 없이 염색을 했다. 할 생각도, 할 마음도 없었는데(요즘엔 머리카락 자르는 것도 귀찮아서 안 가는 미용실을), 결혼식은 여자에게 요구하는 게 참 많다.

처음 드레스 가봉을 한 날도 잊지 못한다. 드레스 투어를 하지 않았으니 망정이지, 그걸 두 번 세 번 반복한다고 생각하면 아찔하다. 첫 드레스를 입었을 때 느꼈던 압박은 상상 초월이었다. 평소에도 몸에 딱 붙거나 불편한 옷을 견디지 못하는 나에게 드레스 코르셋은 정말이지 가혹했다.

"그렇게 힘드세요? 괜찮으세요?"

"네 힘들어요. 전혀 괜찮지 않아요. 당일에는 이걸 몇 시간 동안 입고 있어야 한다고요?"

"네 입으셔야죠."

그 말이 무자비하게만 들렸다. 숨을 짧게 끊어서 쉬라고 하는데, 드레스를 입으면 그럴 수밖에 없었다. 그걸 못 견디겠다는 거였는데, 차마 대답할 기력도 없어 그냥 "네"라고만 답했다. 드레스를 입은 내 모습은 굉장히 낯설었다. 드레스는 화려하고 반짝였지만 그뿐이었다. 그저 숨 쉬기 힘들고 불편했다. 드레스를 입는다고 전날 면도한 겨드랑이도 땀에 젖었고, 그새 새로 돋아난 까칠한 털이 피부를 따갑게 했다.

걱정이 눈앞을 가렸다. 지금 이 몇 분도 견디기 힘든데 두세 시간을 어떻게 견디지? 겨드랑이 땀으로 드레스가 젖으면 그건 또 괜찮을까? 가능하면 겨드랑이가 보이지 않는 긴 소매의 드레스를 고르고 싶었는데, 어째 입어보라고 추천해 주는 드레스는 죄다 반팔이거나 민소매였다. 카탈로그를 봐도 긴 소매의 드레스는 많지 않았다. 있다 한들 입고 싶은 디자인도 아니었고.

결혼식의 주인공은 신부라고 하는데, 잘 모르겠다. 내가 내 인생의 주인공이 되는 날과 번쩍거리고 아름답지만 답답한 드레스를 입는 것이 동일시되어야만 할까.

나는 지금까지 단 하루도, 내가 내 인생에서 주인공이 아닌 날이 없었다. 집에서 수면 양말, 수면 바지에 오래 입어 실밥까지 터진 티셔츠를 입고 있어도 항상 나는 주인공이었다. 물론 거뭇한 수염과 손가락에 돋아난 털, 풍성한 겨드랑이털을 달고 있어도 마찬가지.

하지만 그날은 나의 모든 것을 제거한 채 무대에 선다. 두꺼운 화장에 아름다운 드레스를 입고 타인이 바라는 모습을 한 채로. 생각해 보니 결혼식에서 온전히 나의 선택이라고 할 만한 것은 J뿐이었다. 그 외의 모든 것은 당시 상황과 예산, 부모님과 초대할 손님 들을 위한 선택의 연속이었다. 꽉 죄어오는 코르셋의 압박을 고스란히 느끼며 조금 억울했다. 대체 누구를 위한 결혼식이란 말인가! 숨 쉬기가 불편해 한숨조차 나오지 않았다.

여자애가 말이야

엄마는 나를 챙기는 데 유난스러운 편이 아니었고, 나는 엄마에게 유별나게 걱정을 끼치는 아이도 아니었다. 그런데 한 가지, 엄마가 참을 수 없을 만큼 나에게 집착적인 걱정을 퍼붓는 부분이 있었다. 바로 머리카락. 숱이 적은 것도 문제였지만, 일단 잘 자라지도 않았다. 태어나고 한참이나 까까머리 상태였는데, 엄마는 그것을 묶거나 다듬어줄 필요 없으니 편하다고 여기는 사람은 아니었던 모양이다. 지금도 어린 시절 사진을 보며 엄마는 한탄한다.

"정말 머리가 어쩌나 안 자라던지. 여자애가 말이야. 별짓을 다 했다."

정말 그랬다. 엄마는 영영 내 머리카락이 풍성하게, 여성스럽게, 아름답게 자라지 않을까 봐 걱정되어 별걸 다 하셨다. 여자가 누릴 수 있는 미적 유희 중 하나가

길고 풍성한 머리카락이라는 강한 믿음과 함께.

하지만 그 시절 엄마가 시도한 방법들은 하나같이 탈모를 겪는 중년의 아저씨들이 할 법한 민간요법이었다. 일명 '달걀 샴푸'라고 당시 목욕탕에서 자주 했던 기억이 난다. 원래는 우유와 달걀 흰자를 섞어서 헤어팩처럼 머리에 바르고 10분간 흡수되길 기다려야 하는데, 그마저도 엄마는 두피가 얇아지는 게 아닐까 걱정될 만큼 달걀 흰자로 정성껏 오래도록 머리를 감겨주었다. 우유 마사지도 했고(그 비싼 우유로!), 참기름을 발라보기도 했으며(그 귀한 참기름으로!), 식초를 탄 물에 머리를 감아본적도 있다.

그 모든 고행은 나를 위한 것이었지만, 나는 그런 엄마의 노력이 싫었다. 머리카락이 뭐길래! 길고 풍성한 머리카락을 가지는 것이 여성의 삶에 중요하다고 단정짓는 그 단호함이 답답했다. 물론 그 단호함이 어디에서 기인한 것인지는 알고 있다.

나도 35년을 대한민국 여자로 살아왔는데 대한민국에서 이상적인 여성상이란 어떤 모습인지 어찌 모르겠는가. 청순한 미인상을 대표하는 여자 연예인들은 하나같이 긴 생머리를 자랑한다. 유행가에서도 남자가 첫눈에 반하는 건 늘 '긴 생머리 그녀'였다.

엄마의 노력에 대한 보상인 걸까. 머리카락은 어느 순간부터 속도를 내며 잘 자랐고, 2차 성징이 나타난 이후로는 두피뿐만 아니라 몸 곳곳에서 자기 차례를 기다렸다는 듯 털이 풍성하게 자라기 시작했다(사실 털은 유전적인 영향이 압도적이라고 하니 어쨌거나 엄마의 덕은 맞는 듯하다).

그래, 풍성하게. 엄마가 바라는 풍성하고 긴 털…들이 존재감을 과시하게 되었다. 이런 걸 고진감래라고 표현해야 할까. 전화위복은 절대 아닌 거 같고, 기분은 진퇴양난인데… 퍽 곤란했다. 엄마도 이렇게까지는 예상하지 못했다고….

어찌 됐든 엄마의 걱정이 무색하게 나는 아주 잘 자라는(?) 사람으로 자랐다. 초등학생 때는 엄마의 바람대로 길고 곱슬곱슬한 머리카락을 늘어뜨리고 다녔다(긴 생머리는 태생적으로 절대 불가능했다). 하지만 교복을 입기 시작하면서 어느 정도 엄마의 영향력에서 벗어난나는 짧은 머리를 고집했다. 다 큰 성인이 된 지금은 짧은 머리가 정말 좋아서 유지하고 있지만, 사실 그때만 해도 정말 말 그대로 고집이었다.

분홍색을 좋아하지 않는 내가 분홍색 옷을 입길 원하는 엄마에 대한 반항이었다. '여자애가 말이야'로 시작하는 모든 말이 꾸준히 듣기 싫었는데, 엄마는 그런 내가 오히려 별종이라고 했다. "대체 넌 왜 그러니. 그냥하라는 대로 하면 얼마나 편해. 너도 편하고 나도 편하고 다 편하잖아." 엄마는 자주 그렇게 말했다. 맞는 말이다. 하라는 대로 하면 다 편하다. 나만 빼고.

사람들은 타인을 이런 사람, 저런 사람, 그런 사람 식으로 분류하는 것을 좋아한다. 그럼 상대를 다 파악하고 있다는 느낌이 들기 때문이다(사실 크나큰 착각인데). 이때 가장 빠르고 쉬운 분류 기준이 '성별'이다. 남자와 여자. 남자는 어쩌고저쩌고 여자는 어쩌고저쩌고. 주어를 특정 성별로 두고 사족만 붙이면 끝이다. 이 복잡한 세상만사를 아주 간단하게 정의 내릴 수 있고, 무지에 대한 불안이 사라지면서 안도감까지 든다.

1949년에 철학자 시몬 드 보부아르가 쓴 《제2의 성》은 이렇게 시작한다. "사람은 여자로 태어나지 않는다. 여자가 되는 것이다." 70여 년이 흐른 지금, 상황은 별반 달라지지 않았다. '여자는 이래야 한다'는 말은 그 역할에서 벗어나지 못하도록 옥죄는 주문이나 다름없다. 그리고 이 주문은 아이가 어른으로 자라는 동안 공기를 들이마시듯 자연스럽게 말과 행동을 통해 흡수된다.

머리카락이 잘 자라지 않았던 딸을 보며 엄마가 어떤

걱정을 했는지 모르는 바는 아니다. 충분히 이해도 된다. 시대가, 사회가 원하는 여성상에서 딸이 멀어질까 같은 여자로서 엄마는 두려웠던 것이다. 피아노 학원에 다니고 싶어 하는 아들을 억지로 태권도 학원에 보내는 것과 같은 맥락이다. 외모가 '여성'스럽지 않다는 이유로, 행동이 '남자'답지 않다는 이유로 배척당할까 봐, 무시와 혐오의 대상이 될까 봐 애초에 그럴 가능성을 차단하는 것이다.

머리 짧은 여자. 머리 긴 남자. 이제 '다름'은 '개성'이라는 말로 포장되지만, 불과 얼마 전만 해도 공동체에서 섞일 수 없는 이물질 취급을 받았다. 다만 그 맥락을 이해하는 것과 공감하는 것은 엄연히 차이가 있기에 여전히 반항을 멈추지 않을 뿐이다. 엄마는 그런 나와 발맞추기가 힘들어 항상 적당히 하라고 잔소리를 하셨는지도 모르겠다.

엄마도 이제는 내가 남들과 달라도 큰 문제가 없다는

사실을 받아들이고 있다. 결혼을 앞둔 딸이 남들처럼 드레스를 입고 스튜디오에서 웨딩 촬영하는 것을 원하지 않는다고 했을 때도 엄마는 그저 웃었다. 드레스나 원피스 대신 예비 신랑인 J와 같은 디자인의 정장을 입고, 우리끼리 기념사진을 남겼다. 사실 반항이라고 하기엔 거창하다. 그저 그게 나의 취향에 더 부합했고, 더 편했을 뿐이다. (결혼식 자체를 안 하는 것, 결혼식 당일에 드레스를 입지 않는 것은 받아들여지지 않았기 때문에 이것만은 내 마음대로 하고 싶었다.)

"그래도 평생 한 번 하는 결혼인데, 여자가 드레스는 입어봐야지"라고 했던 엄마는 떡하니 정장을 입고 웨딩 사진을 찍고 온 딸에게 "그래, 너답다"라고 말했다. 그 말 한마디가 어찌나 기분 좋던지.

나는 이래저래 잘 자라는 사람이지만 다른 의미로도 잘 자랐다고 엄마가 생각해 주면 좋겠다. 엄마가 바랐던 참하고 조신한 딸내미는 아니지만, 참하고 조신하거

나 여성스럽고 아름다운 것만이 나의 가치를 대변하는 것은 아님을 알아주면 좋겠다. 다른 사람이 아닌 엄마의 이해와 인정은 엄마가 살아온 시대의 상식과 편견이 조금씩 변하고 있다는 증거일 테니까.

알록달록 형형색색

대한민국처럼 유행에 민감한 곳에서도 실패한 유행이 있다. 바로 겨드랑이털 염색!

시작은 2011년 캐나다의 '머치뮤직 비디오 어워즈'였다(한국으로 치면 엠넷 아시안 뮤직 어워즈). 그 무대에서 레이디 가가가 민트색으로 물들인 겨드랑이털을 선보였다. 그 후 미국 여성들 사이에서 겨드랑이털 염색이 새로운 트렌드로 자리잡았다. 혹시 궁금한 사람들은 인터넷 검색창에 '겨드랑이털 염색'이라고 쳐보시길! 알록달록 형형색색. 절대 겨드랑이털이라고 생각할 수 없는 비주얼을 볼 수 있다.

레이디 가가는 그저 새로운 유행을 선도하기 위해 선보인 퍼포먼스였을지 몰라도, 일부 여성들에겐 그 이상의 의미였다. '여성이 겨드랑이털을 제모하고 감춰야 한다는 압박감에서 벗어나 가꿔야 한다'는 주장까지 나왔다. 감추고 미는 게 오죽 답답했으면 염색을 해서 '이것이 패션이다!'라고 했겠는가.

탐미주의자 오스카 와일드가 말했다. "절제는 치명적인 결과를 가져온다. 성공하려면 도를 넘어야 한다." 뭐가 됐든 논란이 되는 것은 변화의 시작점으로 봐도 좋지 않을까. 털을 제거해야 하는 혐오의 일부가 아닌 내 마음대로 할 수 있는 취향의 일부로 편입하는 시작점! 내 취향대로 머리 스타일을 바꾸듯 내 털도 내 마음대로 할 수 있게 말이다.

한편으로는 걱정이 되는 것도 사실이다. 만약 그 유행이 다시 시작한다면, 한국으로 넘어온다면…? 누구보다 강한 멜라닌 색소를 머금고 자라나는 동양인은 탈색을 몇 번이나 해야 할 텐데… 괜히 겨드랑이가 따끔거린다.

유해한 검색어

털에 대한 책을 쓰면서 털에 대한 검색을 안 해볼 수 없다. 그냥 '털'부터 시작해서 연인 털, 제모의 역사, 원시부족도 제모를 했을까 등 아주 단순한 정보부터 심오하고 개인적인 궁금증까지 여러모로 검색을 해봤다.

그러다 보면 간혹 검색 키워드가 '유해한 검색어'로 분류될 때가 있었는데, 그때마다 눈앞이 흐려지면서 이런 생각이 든다. 내가 대체 뭘 했다고? 그저 털에 관해 알아보고자 했을 뿐인데.

털 이야기를 함께 해보자는 신선한 제안을 던진 편집자 Y와 미팅을 하던 때였다. 과연 연인이나 부부들은 털에 대한 내밀한 사정을 얼마나 공유하며 지내는지 이야기하고 있었던가. 그러다 보니 자연스레 이미 털에 대해 공유할 만큼 공유하고 있는 나와 J의 생활까지 이야기가 흘러갔다(아니, 사실은 그냥 따끈따끈한 나와 J의 신혼생활 이야기를 늘어놨던 것도 같고).

그러다 편집자 Y가 조심스레 입을 열었다. "제가 예전에 텔레비전에서 봤는데… 어떤 연예인 부부가 글쎄… 샤워를 할 때…." Y가 물어다 주는 소재는 대부분 파격적이었는데, 이번에도 놀라웠다.

아내가 샤워를 하러 먼저 들어갔다가 제모를 할 때쯤에 남편이 들어와서 겨드랑이털을 밀어준다는 것이다. 와우. 내 털을 전문가가 아닌 타인의 손에 맡긴다는 생각은 해본 적이 없었다. 그것도 남편 손에? 민망하고 거북한 감정적인 문제를 제쳐놓고 봐도 겨드랑이를 타인에게 맡긴다는 건 사실 쉽지 않을 텐데.

나는 겨드랑이라면 옷 위로도 남의 손길이 닿는 걸 싫어한다. 겨드랑이에 땀이 많기도 하고, 특별한 복장이 아닌 경우 제모를 하지 않기 때문이다. 축축하고 털털한 겨드랑이에 손이 닿아서 불쾌하지 않을 사람이 과연 있을까(그보다 남의 겨드랑이를 굳이 만질 만한 일이 있을지는 모르겠다만).

그런데 Y의 기억력 한계(글쎄, 충격에 의한 상실이 아니었을까)로 그 부부가 누구였고, 어떤 프로그램이었는지 전혀 떠오르지 않았다. 하지만 우리는 그들이 궁금했다. 어쩌다 그런 의식(?)을 거행하게 되었는지. 장난으로 시작한 일이 서로에 대한 애정을 확인하는 습관으로 굳어진 것인지. 그저 성스러운 부부 생활의 독특한 전희일 뿐인지. 그도 아니면 그냥 남편의 면도 솜씨가 좋아서 믿고 맡기는 것인지.

그래서 검색해 봤다. '겨드랑이털 밀어주는 부부', '겨드랑이털 밀어주는 남편', '아내 겨드랑이털 남편' 이런 식으로. 그런데 매번 유해한 검색어라고 하는 게 아닌가. 청소년에게 유해한 결과는 제외되었다며 성인 인증을 해야 모든 결과를 볼 수 있다는 말도 보였다. 부부가 겨드랑이 털을 서로 밀어주는 게 유해한 걸까. 그게 유해하다고 누가 정한 걸까. 아니, 진짜 어떤 면이 유해했을까. 부부? 겨드랑이? 털? 밀어주는? 이 단어들의 조합 중에 어떤 부분이 유해했을까.

이전에도 비슷한 일이 있었다. Y와의 두 번째 미팅에 서였던가. 우리는 만나면 당연히 털 이야기를 한다. 함께 만들고 있는 책이 '털'에 적을 두고 있으니 당연했다. 그때마다 머리를 맞대고 자료를 검색하다 보면 한 번씩은 꼭 '유해한 검색어'라는 경고가 나온다.

분명하게 어떤 단어로 말미암아 유해하다는 경고가 나오는지는 알 수가 없다. 다만 미루어 짐작해 보건대 성행위와 관련된 단어라는 의심이 들면 알고리즘이 유해하다고 판단을 내리는 모양이었다. 털도 그냥 '털'을 검색할 때는 유해하다고 하지 않으니까. 부부 혹은 특정 신체 부위를 함께 검색하는 경우에만 '유해'하다는 경고가 나온다.

어쨌든 털에 관련해서 사람들이 상상하는 이미지는 썩 아름답지도, 썩 경건하지도 않은가 보다. 오히려 조금 타락한 쪽에 가까운 듯하다. 털 자체는 그 어떤 성적인 의미를 내포하고 있지 않음에도 불구하고, 왠지 지저분하거나 숨겨야만 하는 은밀한 이미지를 상상하게 되는 건 내가 음란해서일까. 아니면 구글이 유해한 검색어라고 말해서 나도 모르게 어떤 유해한 이미지를 떠올렸기 때문일까. 닭이 먼저인가, 달걀이 먼저인가.

어떻게 쳐도 원하는 검색 결과를 찾지 못한 채 인터넷 세계를 떠돌던 나와 편집자 Y는 함께 서로를 보며 허탈하게 웃었다. 이러다 나중에 이 책도 유해한 검색어에 걸리면 어쩌지?

화려한 조명이 손을 감싸면

나와 J는 사귀는 4년 동안 커플링을 맞추지 않았다. 누구도 커플링을 맞추자는 말을 꺼내지 않은 채 연인으로 지냈고, 그게 이상하다고 생각하지 않았다. 특별한 약속의 의미가 담긴 반지가 아니라면 그냥 남들이 하니까 우리도, 하는 식으로 반지를 나눠 낄 생각이 없었다.

사실 우리는 결혼 자체도 진지하게 생각하지 않았다. 그래서 결혼 적령기의 커플임에도 커플링에 무관심했던 걸지도 모른다. 책임질 것 없는 자유로운 삶을 청산하고, 서로가 서로를 챙기고 책임지는 것에 자신이 없었다. 우리는 결혼에 대해서, 우리가 함께하는 미래에 대해서 어떤 언급도 하지 않은 채 지냈다.

말은 이렇게 해도 사실 처음에는 J가 괘씸했다. 나도 결혼 생각이 없긴 하지만, 아무리 그래도 그렇지. 아니, 나랑 결혼할 생각이 없는데 몇 년이나 사귀고 있다고? 내 친구들이 하나둘 결혼하고 아이를 낳고 살아가는 모습을 보며 괜한 상대적 박탈감을 느끼기도 했다. 나는 뒤처지고 있는 건가. 남들과 같은 길이 아닌 샛길이나 곁길을 비틀비틀 걷고 있는 건가 하면서. 그때마다 질문을 던졌다. 나는 정말 결혼이 하고 싶은가? 그것도 J와 하고 싶은가? 왜 결혼이 하고 싶은가?

당시 나는 온라인으로 선물용 캐리커처를 그려주며 프리랜서 일러스트레이터로 돈을 벌고 있었다. 수입은 있지만 안정적이진 않았다. 모아놓은 돈도 없었고, 그저 벌면 쓰고 벌면 쓰고 하는 생활이었다. 그림 그리는 일이 좋고 글을 쓰고 싶어서 독립출판도 하면서 어쨌든 꿈을 좇고 있었지만 사실 스스로에 대한 확신도 자신도 없었다.

우리는 서로에게 서로가 짐이 될까 봐 두려웠다. 특히 J의 부모님에게 내가 보잘것없는 상대로 보일까 무섭기도 했다. 우리 아들에게 너 따위가! 같은 말을, 그런 태도와 눈빛을 마주하게 되면 어쩌지 하는 불안이 있었다(인정한다. 영화와 드라마를 너무 봤다).

그런 와중에 먼저 생각을 바꾼 건 J였다. 내가 스스로 자신이 없어 결혼을 굳이 생각하지 않았다면 J는 경제적으로 안정되는 게 우선이었다고 한다. 우리는 각자의 노력으로 각자의 고민을 해결했고, 그러자 자신감이 생겼다. 나는 혼자서도 잘 살 수 있는 사람이지만 J와 함께라면 더 잘 살 수도 있을 것 같았다.

너와 함께라면 뭐든 할 수 있어! 식의 대책 없는 로맨스가 아니다. 우리는 경제적으로나 정신적으로나 각자 살아도 아무런 문제가 없는 사람들이다. 카페에 나란히 앉아 몇 시간 동안 각자의 일을 해도 불편하다고 느낀 적도 없다. 일주일에 한 번을 만나도 나머지 시간을 각자 잘 보내니 괜찮았다. 그러다 보니 서로의 경제력과 시간을 나누며 더 잘 살아보자는 합의점을 쉽게 찾을 수 있었다(물론 사랑도 있다, 진짜로).

결혼을 결심하고 나서 서로의 미래에 함께 나란히 서 있는 우리를 상상했다. 썩 괜찮은 그림이었다. 그렇게 우리의 결혼 준비는 시작되었다.

커플링을 맞추지 않아서였을까. 드레스나 웨딩 촬영은 별로 중요하지 않았는데, 결혼반지만큼은 특별하게 느껴졌다. 고대하던 반지를 맞추는 날. 반지 모양은 그리 중요하지 않았다. 결혼반지라는 의미 자체가 중요했을 뿐이다. 이제 (가능하면) 평생 나의 네 번째 손가락에서 빠지지 않을 약속의 반지. J와 내가 부부라는 가장 알기 쉬운 증거. 나는 그런 의미가 중요했다.

예물상점에 들어섰을 땐 눈부실 만큼 환한 조명에 나도 모르게 살짝 움츠러들었다. 정장을 빼입은 직원들이 웃으며 우리를 맞이해서 청바지에 후드티를 입은 나와 J는 조금 당황했다. 음, 우리만 너무 캐주얼 하잖아? 잠깐 서로를 쳐다봤지만 그뿐. 나중에 반지를 찾으러 갈 때도 우리의 옷차림은 여전했다. 우리에게 중요한 것은 반지를 함께 맞추는 것이지 반지를 사러 가는 모양새가 아니었으니까.

그날 나를 괴롭히는 것은 따로 있었다. 바로 미처 정리하지 못한 손가락털들.

세상에는 참으로 다양한 모양의 예물 반지가 있었고 우리는 한 시간 동안 이 반지, 저 반지를 손가락에 끼워보며 이상형 월드컵을 하듯이 열 개에서 여섯 개, 여섯 개에서 세 개, 세 개에서 두 개 이런 식으로 후보를 줄여나갔다. 그러면서 하얀 장갑을 낀 직원이 내 손을 잡고 반지들을 조심스레 끼워주고 빼고 다시 끼워주고 하는 일을 반복했다. 유난히 하얀 조명을 받고 눈치 없이 더 하얘진 피부 위로 매끄러운 자태를 뽐내는 까만 털들….

아차 싶었다. 하지만 별수 없었다. 뭐 어쩌랴 싶기도 했다. 그런데 나의 가지런한 털들이 반지의 이동에 따라 위아래로 쏠리고, 올라갔다 내려갔다를 반복하는 모양새를 볼 수밖에 없는 심정이란….

얼마나 오래 잊고 있었던가. 손가락털 제모를. 반지를 고르러 오는 날만큼은 생각했어야지. 손가락털 제모를. 긴 털들이 나를 향해 그렇게 말하며 위로 아래로 약올리듯 춤을 췄다.

나를 좀 더 슬프게 만든 건 옆에 앉은 J의 손가락은 털 하나 없이 말끔하다는 사실이었다. 그 말끔한 것을 보다 나의 손가락을 보니 반지를 스치는 털들이 더욱 돋보였다. 물론 이건 나 혼자만의 생각이다. 그 자리에 있던 누구도 내 손가락털을 보고 뭐라 하지 않았다. 그저 내 눈에만 계속 밟혀 나만 괴로울 뿐.

물속의 해초 같기도 하고 롤러코스터를 타며 이리저리 흔들리는 사람의 형상 같기도 했다. 뭐 어때, 라고 생각하면서도 평생 학습된 털에 대한 수치심은 나를 괴롭혔다. 나만 생각을 바꾸면 된다고 생각했지만, 생각을 바꿔도 불시에 찾아오는 학습된 편견과 감정은 도무지 어쩔 수 없었다.

반지를 끼워주는 직원의 시선이 신경 쓰였다. 조명이 조금만 더 어두웠다면 좋았을 텐데. 반지는 예뻤지만 그걸 끼고 있는 내 손이 아름답지 못한 것 같아 수치스러웠다. 남들이 나를 그 자리에 어울리지 않는 여자라고 생각하진 않을까 괜한 피해망상까지 들었다. 그 모든 생각에서 벗어나는 것은 역시 쉬운 일이 아니었다.

반지를 고르고 예물상점을 나오면서 J에게 나의 심정을 토로했다. J는 의외라는 듯이 나를 쳐다봤다. 우리는 한 끼에 40만 원을 내야 하는 레스토랑에 갈 때도 옷차림에 무심하다. 언젠가는 내가 항상 비슷한 옷을 입기 때문에 멀리서도 금방 찾을 수 있다고 말하기도 했다.

결혼식이나 장례식에 가는 게 아닌 이상 나는 정말 옷차림에 크게 신경을 쓰지 않는다. 스티브 잡스처럼 평생 똑같은 옷만 입고 살까 생각도 했었는데 J가 소스라치게 놀라며 말려서 관뒀었다. 그런 내가 손가락 털에 그렇게나 신경 쓰고 있다는 사실에 J는 당황했다.

"옷은 그냥 옷이라며."

"응. 그렇지."

"그럼 털도 그냥 털이잖아."

"… 응. 그렇지."

"손가락털 귀여운데?"

"… 거짓말하지 마."

"응."

이 녀석이. 나는 J를 흘겨봤다. 눈이 마주치자마자 웃음이 터져 털에 대한 생각도 그렇게 웃어넘겼다. 사실 애초에 별것도 아니었다. 털은 그 자리에 있을 뿐이고 그건 그냥 그렇게 웃어넘기면 그만이다. 나를 바라보는 남의 시선이 아니라 나를 바라보는 나의 시선이 가장 중요하다는 사실을 알면서 매 순간 잊고 또 깨닫고를 반복한다.

[침대]

군계일학이거나 옥의 티거나

떼어주고 싶다… 강렬하게 떼어주고 싶다…!

그럴 때가 있다. 앞에서 걷고 있는 모르는 사람의 등에 붙어 있는 머리카락이나 실밥을 떼어주고 싶은 순간이. 내가 이타적인 사람이어서가 아니라 그냥 눈에 보이니까 떼어줘야 할 것 같은 느낌적인 느낌.

유난히 그런 충동을 자주 느끼는 탓에 나도 모르게 손을 뻗었다가 화들짝 놀라며 손을 거둔 적도 있다. 정말 아주 가끔 아무도 모르게 스을쩍 성공하는 날에는 속으로 쾌재를 부른다. 엄청난 비트로 어깨춤을 춘다. 머릿속에서.

여느 날과 같이 평온한 주말. J와 나는 나란히 늦잠을 자고 일어나 각자의 이불 속에서(수면의 질을 위해 각자 이불을 쓴다) 각자의 휴대폰을 들여다보고 있었다. 그러다 J의 볼에 짧은 머리카락이 붙어 있길래 어, 이거 봐라! 하면서 손끝으로 잡아당겼는데, 갑자기 들려온 외마디 비명. 머리카락이 아니었다. 볼에 한 가닥만 길게 난 털이었다. 수염도 아니고 구레나룻도 아닌 그냥 털. 그것도 한 가닥.

그때 우리 사이에 흐른 어색한 기류란… J는 원망스러운 눈으로 날 보았고 동시에 난 그 눈을 피했다. 아니, 머리카락인 줄 알았지. 그렇게 긴 털이 떡하니 볼에 한 가닥 나 있을 거라고 누가 생각이나 했겠는가. 지금껏 몰랐다는 것도 신기하다.

그런데 나도 있긴 하다. 정말 의외의 부위에 난 한 가닥의 털. 바로 한쪽 가슴에 있다. 가슴은 두 쪽인데 털은 한 쪽에만 딱 한 가닥이 있다. 볼 때마다 궁금했다. 대체 왜 한 가닥일까. 대체 왜 이 곳일까.

털은 몸의 부위마다 자라는 속도, 길이, 굵기가 다르고 직모인지 아닌지도 차이가 있다. 그런데 유독 다른 털들과 나란히 자라지 않고 존재감을 과시하는 한 가닥이 있다(특히 까만 점 위에). 많은 사람들에게 있는 흔한 일일 것이다. 나도 있고 J도 있는 것을 보면.

왜 한 가닥만 생기느냐.

털에는 '생장기-퇴행기-휴지기'의 3단계 사이클이 존재하는데, 피부 세포나 조직 이상으로 '생장기'가 유난히 길어지는 털이 있다. 그게 다른 털들보다 유독 긴 털이 된다고 한다.

그러니까 J는 볼에, 나는 한쪽 가슴에 특별히 생장기가 긴 털이 하나씩 있는 것이다. 나는 가슴이니까 보일 일이 없어 신경 쓰지 않는데 J는 아니었던 모양이다. 그는 그 한 가닥의 털을 신경 쓰고 있었다. 내가 머리카락인 줄 알고 무심코 뽑아버릴 뻔했던 그 한 가닥을. 다만 그걸 부끄러워하거나 없애고 싶은 못난 부분으로 생각하는 것이 아니라 그저 자신의 조금 특이한 부분 중 하나로 생각하고 있었다(J답다).

"이상하게 여기만 나더라."

"언제부터?"

"그건 모르겠는데. 때가 되면 길게 자라. 그래서 뽑고 잊고 있으면 또 자라고. 반복이야."

"그냥 두지 왜 뽑아?"

"자기는 손가락털도 뽑으면서."

어이, 그런 이야기를 하는 건 반칙이라고. 용의 수염처럼 그의 볼에 길게 존재감을 드러내고 있는 털 한 가닥을 슬쩍 손끝으로 잡아 J가 엇, 하는 순간 확 뽑았다. J는 고통스러워했지만 금세 시원한 표정을 지었다. 대신 뽑아줘서 고맙다고, 앞으로도 눈에 띄면 종종 부탁한다면서.

"자기 털은 자기가 뽑자. 난 내 털 뽑는 것만으로도 지친다고."

"에이, 한 가닥인데."

"그러니까 한 가닥인데 뭘 굳이 뽑아?"

"눈에 띄잖아. 그것도 볼에 한 가닥만. 애매하기도 하고 수염도 아닌 것이."

　

그건 그렇다. 머리카락인 줄 알고 떼어주려고 했을 만큼 애매하다. 아마 많은 사람들에게 그런 털이 한 가닥씩 있을 것 같다. 잊고 있다가 한 가닥 길게 자라면 눈에 띄니까 그제서야 언제 이렇게 자랐지? 하면서 뽑아버리는 털이.

좋게 말하면 군계일학이고 나쁘게 말하면 옥의 티다. 유난히 튀어 보이는 것은 제거하고 싶은 게 사람의 마음인 걸까. 그 마음은 언제부터 시작됐을까. 오래 전 원시 시대를 살았던 인류도 볼에 난 한 가닥의 털을 뽑아버리고 싶어 했을까. 사실 별것 아닌데. 그냥 둬도 아무 것도 아닌 털일 뿐인데. 어딘가 다르다고 생각하면 견

〜〜〜

딜 수 없어진다. 다른 것들과 똑같이 만들고 싶어진다. 그 부분을 누군가가 쳐다볼까 봐 신경 쓰인다.

털에만 국한된 이야기는 아닐 것이다. 우리는 유행이라고 말하지만 결국 한 계절을 지내는 동안 모두 비슷비슷한 옷을 입는다. 남과 다르지 않은 옷을 입으면서 안심한다. 옷차림이나 사용하는 언어, 생활 방식, 취향 같은 것들을 통해서 나와 비슷한 사람들이 사는 곳에 속해 있다는 것을 수시로 확인한다.

나쁜 것만은 아니다. 어쨌든 이 거대한 사회 속에서 중심을 잡고 살아가기 위해서는 공동체 의식 또는 소속감이란 게 필요하니까. 그건 우리에게 안정감을 주고 이 사회가 무난하게 굴러가려면 사람들의 안정감이 필요한 것도 사실이다. 하지만 그 틀이 좀 늘어났다 줄어들었다 유연해야 할 텐데, 아주 단단하고 녹도 슬지 않는 스테인리스 같다면 조금 문제이지 않을까.

내 주변에는 얼굴에 난 털이 왼쪽과 오른쪽 대칭으로 균일하게 자라지 않아 고민인 사람도 있었다. 스스로가 그 똑같지 않음을 참을 수 없는 것이다. 정말 피곤한 노릇이다.

나는 종종 이걸 굳이 뽑아야 할까, 하는 마음으로 여러 부위의 털을 제모하는데 이제는 가끔 눈에 보이는 J의 볼에 난 털마저도 고민거리가 되었다. 눈에 보이는데 저걸 뽑아야 할까, 고민하다가 결국 뽑아버린다. 한 가닥이니까 그냥 뽑는다. 하지만 그 한 가닥을 그냥 두는 것에서 발생하는 특별함도 함께 제거하는 것 같아 영 찝찝하다. 내 손가락털이 귀엽다고 말해준 J처럼 나도 귀엽다고 말해줄 걸 그랬다. 아니, 멋있다고 말해줄 걸. 용의 수염 같다고.

음, 그건 좀 아닌가?

샤워볼의 정체

"여자들 화장실엔 뭐가 너무 많아. 다 낭비야. 이상한 천 같은 게 있어. 샤워볼이래. 그런 게 왜 있는 거야. 가슴에 털이 왜 있어! 거품 내라고 있는 거야. 아래에도 거품 내는 부분이 있어요." 얼마 전 개그 프로그램에서 들은 남자들의 샤워법이다. J에게 물어보지 않을 수 없었다. 저것이 사실이냐고. "응." 아주 별일 아니라는 듯한 대답이 돌아왔다. 아찔했다. 당장 집에 있는 욕실의 비누를 모두 처분하고 싶은 강한 충동을 느꼈다. 다시한번 물었다.

"요즘도 그렇게 해?"

"아니."

"왜?"

"샤워볼이 있잖아."

아, 그렇다. 우리가 함께 살고 있는 집의 욕실에는 샤워볼이 걸려 있다. 십년감수했다는 말을 지금 써도 될까. 그러면서 불쑥 '왜?'라는 의문이 떠올랐다. 인류의 진보는 모두 '왜?'에서 시작되지 않던가. 나는 새로운 세계로 진일보하는 마음으로 물었다.

"왜 그렇게 하는 건데?"

J는 나의 진지한 질문에 드디어 이상함을 감지한 모양이었지만 여전히 덤덤했다. 기가 막혔다. 차마 "더럽잖아!"라고는 말 못 하고 잠자코 대답을 기다렸다.

스무 살 무렵 군대에 가서 처음 알게 된 방법이라고 했다. 10년도 더 지난 일이니 군인 월급이 10만 원 초반이었을 때다. J는 해군이었지만 그래도 사정은 별반 다르지 않았다. 최소한의 물품만 지급되는 마당에 샤워볼은 사치품에 가까웠다고 한다. 월급으로 살 수도 있었지만 그 쥐꼬리만 한 돈을 쪼개 굳이 샤워볼을 구입하는 짓을 누가 하겠는가.

그런 상황에서도 사람은 먹고 자고 씻는 행위를 반복해야 했다. 무엇보다 씻을 때는 남녀노소 누구나 비누에 거품을 내서 사용한다. 특히 몸을 씻을 때는 많은 양의 거품이 필요하다. 그런데 가진 게 두 손뿐이니 거품을 내는 데 한계가 있었던 것이다. 빠르고 효율적으로 씻기 위해 그들은 그곳을 이용했다. 많든 적든 누구나 그곳에는 털이 있으니까. 그리고 대부분 자연스럽게 팔을 늘어뜨리면 그곳에 손이 닿는다. 힘들이지 않고 꽤나 자연스럽게 거품을 낼 수 있는 것이다.

음, 그래. 그럴듯하군. 하지만 솟구쳐 오르는 심리적인 거부감은 어쩔 수 없었다. 나는 몇 번이나 J에게 이 집에서는 절대 그런 일이 벌어져서는 안 된다며 엄포를 놓았지만 그날 이후로 한동안 비누에 묻어 있는 작은 눈썹에도 민감해지고 말았다.

제목부터 마음에 쏙 들었던 네이선 렌츠의 저서《우리 몸 오류 보고서》에서 인체의 진화와 퇴화에 관해 읽은 적 있다. 진화는 생존과 연결되지만 퇴화는 그렇지 않다고 한다. 없어져도 되는 부분이긴 하지만 꼭 반드시 없어져야만 하는 이유가 있는 게 아닌 이상 굳이 퇴화하지 않고 남아 있는 것이다.

정말 아주 오랜 전부터 그런 생각을 했다. 왜 털은 아직도 인체에 남아 있을까? 시대마다 어떤 의식의 일종으로, 또는 부가적인 미의 기준을 맞추기 위해 제모가 행해졌다. 그러니까 털을 없애려는 노력은 어떤 형태로든 시대마다 있었다. 게다가 간절히 바라면 온 우주가 도와준다는 말도 있듯이 인간은 바라는 것을 시간이 걸리더라도 꼭 이루고야 마는 족속들이다. 그런데 왜 털은 아직도 살아남아 있는가.

아니, 정말 레이저로 모근을 태우는 것만이 반영구적으로 털이 더 이상 자라지 않게 하는 방법이라고? 그마저도 허술해서 5회에서 10회, 많으면 15회 이상 시술을 받아야 하고 사람에 따라 완전히 제거되지 않는 경우도 다반사라고? 심지어 2, 3회 정도 시술 받으러 갔다가 귀찮아서 중도 포기하게 되는 그런 방법이 정말 현대에서 실현할 수 있는 유일한 방법이란 말인가(깎고 뽑는 걸 제외하면).

진화론이 말해주듯 털은 반드시 없애야 하는 존재가 아님을 사람들도 은연중에 알고 있는 것 같다. 미용, 위생, 치료 등의 이유로 제모하지만 정말 적극적으로 완전히 사라져야 한다는 당위성이 있다면 더 맹렬히 연구했을 텐데 말이다.

코로나19 바이러스로 전 인류가 위기에 직면했다는 사실을 국가의 통치자들이 깨닫자마자 무서운 속도로 바이러스와 백신에 대한 연구가 이뤄지고 있다. 만약 털이 반드시 없어져야 한다는 강렬한 열망 속에 던져졌다면 다른 방법이 제시되지 않았을까.

사실 털의 존재 이유는 확실하다. 신체가 적정 온도를 유지하도록 돕고, 외부 충격이나 외부 환경으로부터 마찰을 줄여준다. 먼지나 세균의 침입까지 막아주고. 털이 난 부위나 목적에 따라 그 모양새는 곧거나 곱슬거린다. 눈썹이나 속눈썹, 코털은 직모지만, 머리카락이 직모인 사람도 겨드랑이털과 음모는 구불거린다. 곱슬거리는 털은 공기를 더 잘 통하게 해주고 같은 양의 피지와 땀 속에서도 덜 기름지게 해준다. 피부를 조금 더 통풍이 잘되고 보송보송한 상태로 유지시켜 주는 것이다. 뒤늦게 알게 된 털의 가치는 놀라웠다.

정말 나름의 이유가 있는 것이 아니고서는 대부분 가지고 태어난 털을 유지하고 사는 게 유익하고 자연스러운 일이었다. 게다가 때에 따라 부족한 삶의 질을 아주 미약하게나마 향상시킬 수 있는 용도로도 쓸 수 있지 않은가. 뭐, 너무 예상 밖이긴 했지만. 아무튼.

다시 말하지만, 없어져야만 살 수 있는 게 아니라면

굳이 인체의 기능은 퇴화하지 않는다. 모든 생물은 그런 식으로 지금까지 존재해 왔다. 밉든 곱든 없어지지 않고 우리에게 남아 있는 건 사실 없어져야만 하는 필연적인 이유가 없기 때문이다.

아리스토텔레스는 일찍이 이렇게 말했다. "자연이 하는 일에는 쓸데없는 일이 없다." 맞는 말이다. 하지만 인간이 하는 일에는 쓸데없는 일이 많다. 물론 샤워볼로 쓰기 위해 또는 그 자연적인 필요 때문에 제모를 하지 말자는 이야기가 아니다. 그냥 자연이 하는 일을 애써 인간의 상식과 편견에 빗대 어렵게 하지 않아도 되지 않을까 하는 것뿐이다.

나중에 정말, 정말로 겨드랑이털이나 코털, 다리털, 손가락털도 요긴하게 쓸 일이 생길지도 모르니까.

아니, 근데 털의 존재 의의를 이렇게까지 말하게 될 줄은 나도 몰랐다. 조금 머쓱하군. 흠흠.

수염의 미학

일주일에 한 번 기타 모임에 간다. 2019년 12월부터 시작했는데, 지금 생각해도 동호회 사람들을 만난 건 정말 행운이다. 술을 좋아하는 내 주변에는 이상하게 술을 좋아하는 사람이 모이지 않았다. 아니, 몇 년 전만 해도 있었는데 하나둘 결혼하고 아이 엄마가 되면서 자연스레 멀어졌다. 우리의 접점이 사라진 것이다. 아주 자연스럽게. 그래서 지금 내 주변에는 온통 술을 못 마시거나, 안 마시거나, 왜 마시는지 이해하지 못하는 이들뿐이다. 하….

그런 나에게 기타 모임은 진부한 표현이지만 사막의 오아시스와도 같다. 그들은 만나서 기타를 치고 술을 마시는 게 당연한 사람들이다. 나는 그 안에 기쁘게 녹아들었다. 기타는 잘 못 치지만 문제되지 않았다. 게다가 놀랍게도 그 안에서 내가 막내였다. 세상에 아직도 내가 어떤 모임에서 막내가 될 수 있다니. 신선했다. 막내로 예쁨받는 게 얼마 만인지. 다시 생각해도 참으로 좋은 사람들이다.

하지만 극심해진 코로나19 사태로 인해 모임이 어려워지자 삶의 낙을 하나 잃어버렸다. 어디 가서 술을 마신담. 혼술이 유행이라지만 그건 영 재미가 없다. 일단 술은 다양한 안주와 함께 떠들면서 마셔야 하는데 그게 혼술로는 해결이 안 된다.

그러던 중 좋은 구실이 생겼다. 우리 모임에는 신혼부부가 있었는데, 집들이를 한다고 사람들을 초대한 것! 시작은 집들이였는데 어느새 2, 3주 간격으로 만나가며 술을 마시게 됐다. 처음에는 민폐라는 생각이 들었지만 웬걸, 집주인들이 더 즐거워하는 것 같아 걱정은 집어치웠다.

해박한 음악 지식을 자랑하는 큰 형님, 타격감 있는 스트로크를 좋아하는 D, 섬세한 핑거링을 뽐내는 K, 키보드와 기타를 아우르는 능력자 J 언니. 언니의 신랑이자 확고한 음악 스타일의 소유자인 H. 마지막으로 고만

고만한 초중급 실력에서 몇 년째 벗어나지 못하는 나. 우리는 그저 즐겁게 먹고 마시며 노래 불렀다. 기타는 잘 치는 사람들이 수두룩해서 나한테까지 기회가 오지 않았으니 나는 노래를 부르는 수밖에.

우리 중 첫인상이 가장 범상치 않았던 건 큰 형님이었다. 정수리에는 스냅백을 살짝 얹어 쓰고, 수염은 아주 딱 떨어지는 모양을 하고 있었다. 동그랗고 큰 눈이 순해 보였던 것과는 별개로 그 수염 때문에 첫인상이 무서웠던 기억이 난다.

딱히 수염을 기르는 남자를 싫어하는 건 아닌데 그렇다고 좋아하지도 않는다. 그저 취향의 문제로 수염의 미학을 이해할 만한 경로가 나에게 설정되어 있지 않았다. 물론 그 경로를 알고 싶지 않기도 했고. 수염 있는 남자를 보면 좀 무서운 사람인가 하는 편견도 있었다. 수염을 좋은 모양새로 기르려면 꽤나 섬세함이 필요하다는데, 알게 뭐란 말인가. 제거하는 데 기울이는 집요함만으로도 진이 빠지는데.

그런데 알게 되고 말았다. 큰형님을 통해서. 얼마나 섬세하게 수염을 관리해야 하는지. 가닥마다 길이를 맞춰줘야 하는 것도 그렇고 선천적으로 좋은 모양을 타고나는 게 중요하다는 사실도 처음 알았다. 지금까지 신체 어느 부위를 두고도 털이 있다, 없다 외에 털이 나는 모양을 고민해 본 적이 없었다. 그런 세계도 있구나. 허, 세상에는 모르는 일투성이다.

그런 큰 형님이 어느 날 수염을 깨끗이 밀고 온 적이 있었다. 관심이 집중되었다. "형님, 무슨 일 있으세요?!" 마치 긴 머리의 여자가 어느 날 갑자기 단발로 나타났을 때와 비슷한 반응이었다. 그래, 그렇게 섬세하게 가꿔야 하는 수염을 흔적 없이 밀어버린 데에는 그만한 심경의 변화가 있었으리라. 궁금했다. 하지만 대답은 단순했다. 덥고 귀찮아서. 그럴 수도 있겠다.

술을 곁들이면서 대화를 하다 보면 종종 대화의 흐름이 예상치 못하게 흘러가는데, 그날이 그랬다. 큰 형님의 수염 이야기를 하다가 요즘 내가 쓰는 원고 이야기로 흘렀고, 그러다 보니 '털'이 거대한 담론이 되었다. 평소 궁금했지만 누군가에게 쉽게 물어보기 힘들었던 질문들을 술기운을 빌어 토해냈다. 나만 취한 건 아니고 다들 취했기 때문에 가능한 일이었다(털 이야기가 뭐라고 이렇게 조심스러워야 하는지 나 원 참).

주제는 '남자들의 여름철 민소매 대처법'이었다. 아니, 솔직히 남자들이 털을 대처할 일이 뭐가 있담? 평소 내가 신경 쓰는 것에 반의반이라도 신경 쓸 만한 게 그들에게 있단 말인가. 그런데 아니었다. 그들에게는 또 그들만의 세계가 있었다.

생각하지도 못한 놀라운 대답이 돌아왔다. 겨드랑이 털을 숱 친다는 것이다. 모든 남자가 그런 것은 아니고, 일부는 털이 너무 많으면 더러워(?) 보일 수 있으니 관리한다고. 겨드랑이뿐만이 아니라 코털, 다리털도 마찬가지였다.

이 시대를 살아가는 여자들은 있는 털을 없애는 게 목표라면, 남자들은 있는 털을 '있어 보이게' 유지하는 게 목표였다. 물론 남자들의 경우에는 '내가' 신경 쓰이면 하는 일이라는 전제가 붙지만, 여자들에게는 조금 다른 꼬리표가 붙는다. 신경 쓰지 않으면 '안 된다'라는.

그나저나 이렇게 오순도순 모여 술을 마시고, 가끔 기타 줄도 튕기면서 털에 대한 이야기를 하는 광경이 참 귀했다. 어디서 이런 이야기를 남녀가 편하게 할 수 있단 말인가. 아무리 그래도 내 겨드랑이털이 많다는 얘기는 굳이 하지 말걸. 내 말을 듣는 순간 무언가를 상상하는 그들의 눈빛이 떠올라 아득해진다. 무엇을 상상하든 그건 오해와 편견의 발단이 될 텐데, 나는 어쩌자고 그 순간에 그렇게 솔직했던가.

하지만 또 그게 뭐 어때서. 덕분에 호랑이 형님 같았던 큰 형님이 사실은 섬세하게 수염을 다듬을 줄 아는 세심한 사람이라는 걸 알게 되었으니, 그거면 됐지 싶다.

[카페]

땡스 투 매부리코

주변에 쌍꺼풀 수술을 한 사람은 많다. 생각보다 아주 흔하다. 나도 한번 해볼까, 가볍게 생각해 본 적이 있을 만큼 쌍꺼풀 수술은 이제 시술 취급을 받는다. 내가 진지하게 생각해 본 것은 눈보다 코끝 성형이다.

코가 조금 큰 편이고, 코끝이 약간 아래로 휘어져 동화 속에 나오는 마녀의 매부리코를 연상시키기 때문이다. 콤플렉스는 아니지만, 연예인들의 작고 오뚝한 코를 보면 괜스레 거울 속의 내 코가 아쉬워진다. 마치 이 코만 아니면 더 예쁠 수 있었을 텐데 하는 착각을 진실로 믿는 사람처럼.

무엇보다 코에 대한 고민은 모양에 한정되어 있지 않다. 나는 비염이 있어 콧속에 염증이 자주 나는데 여간 불편한 게 아니다. 만지면 아프고 자주 메마르고 종종 콧물이 난다. 요즘 같은 시국에는 타인의 기침에 민감해져 밖에서는 코도 편하게 풀 수 없다. 크기만 크고 영 건강하지 못한 코가 더욱 원망스럽다.

J는 그런 내 코에 다른 관점을 제시했다. 콧구멍이 잘 보이지 않는 매부리코가 가진 뜻밖의 장점이었다.

"코털이 삐져나와도 잘 안 보일 거 아냐."

…?? 나는 당황했다. 코털이라니? 한 번도 코털로 고민해 본 적이 없었다. 그렇다. 털 부자인 나도 안 해본 털 고민이 있는 것이다. 코털이라니!

정말 매부리코라서 코털이 안 보이는 문제일까. 코가 워낙 커서 털들이 아무리 길어봤자 코의 길이를 넘어서지 못하는 걸까. 아니면 아래로 구부러진 코끝이 코털의 존재를 갈무리하고 있는 걸까. 갖은 의문이 들었지만 그게 뭐가 중요하단 말인가.

"너도 코털 삐져나온 거 본 적 없는데?"
"응. 난 깎거나 뽑거든."

"코털을?"

"응."

이 녀석. 그런 거 전혀 신경 쓰지 않을 것 같은데 신경 쓰고 있었구나! 나는 사방으로 뻗친 곱슬머리를 그대로 방치한 채 커피 자국이 난 흰 티를 입고 있는 J를 새삼스럽게 쳐다보았다. 살면서 저렇게 주위 시선에 신경 쓰지 않고 소탈하게 사는 사람을 본 적이 없었다. 나는 그런 J가 좋았다. 그래서 더불어 나도 라면 국물이 튄 흰색 맨투맨 티를 입고 당당하게 카페에 앉아 있을 수 있었다. 우리는 서로의 옷에 묻은 얼룩은 신경 쓰지 않고 그저 서로의 눈을 보며 이야기를 나누니까.

"근데 코털 뽑는 것도 조심해야 한다고 하더라."

"왜?"

"잘못 뽑으면 모낭염 같은 게 생긴데. 알잖아. 콧속에

염증 나면 괴로운 거."

그 고통을 내가 모를 리가. 나는 고개를 주억거렸다.

"음, 코 성형을 하면 코털이 보이게 될까?"
"글쎄."

매부리코를 성형하면 코털이 보여서 또 그걸 평생 신경 쓰며 살게 될까? 그럼 이제 코털도 관리해야 하는 건가. 아니, 성형해도 코털이 안 보일 수도 있잖아. 하지만 보일 수도 있고. 그럼 나는 J와 코털 제거기를 따로 써야 할까 같이 써도 되는 걸까. 아무래도 위생상 따로 쓰는 게 낫겠지?

생각은 이상한 모양새로 뻗어나갔다. 뭐가 됐든 그냥 있는 그대로의 모습에서 만족하며 사는 건 어려웠다. 한 가지를 개선하면 또 다른 부분이 고치고 싶고, 그걸 고치면 또 다른 문제가 눈에 보이고. 삶은 사소한 문제들을 발견하고, 속상해하고, 수습하는 반복 같다. 그래서 당장 만족스러운 부분만 생각하기로 했다. 나는 코털을 뽑거나 깎지 않아도 된다! 인중, 손가락, 겨드랑이, 다리는 평생 신경 쓰며 살아야 할지라도 코털만은 아웃 오브 안중이다. 신난다. 그게 어디야.

The Game Of Life

인 생 게 임

Start

··· 눈 수술	눈도 하고 싶다	코털이 안 보인다	코 수술

코털이 보인다

코털 제모 시작

:

[결혼식]

━━━━━━━━━━━━━━━━━━━━━━━━━━

털 이즈 노 프라블럼!

친구의 결혼식에 가기 위해 정성스럽게 나를 단장했다. 정성스럽게 면도기로 다리털을 밀고, 또 정성스럽게 화장을 하고(그래봤자 민낯과 큰 차이 없지만), 정성스럽게 다려놓은 치마와 블라우스를 꺼내 입었다. 살구색 스타킹으로 정점을 찍기 위해 수납장을 여는데 J가 나를 빤히 보더니 대뜸 묻는다.

"오늘은 털을 민 거야?"
"그래, 밀었다."

살구색 스타킹을 신는데 다리털을 그대로 방치할 수 없다. 밀지 않으면 털이 납작하게 스타킹과 피부 사이에 밀착되는데, 마치 개그맨들이 웃기기 위해 스타킹을 얼굴에 뒤집어 쓴 것 같은 볼품없는 모양새가 되기 때문이다. 물론 민망함은 미래의 나에게 맡긴 채 신경 쓰지 않을 수도 있지만, 그래도 친구 결혼식에 가는데 지금껏 다른 데 갈 때는 한껏 신경 써온 과거의 내가 서운할 것 같아 면도기를 들었다.

J의 눈에는 그게 이상해 보였나 보다. 평소에는 신경 쓰지 않으면서 친구 결혼식에 갈 때는 신경 쓰는 모양새가. 이해 못 하는 건 아니지만 공감은 못 하겠다는 듯한 표정이었다.

J는 가끔 이렇게 외출을 앞두고 내가 옷을 갈아입을 때 불쑥 물어본다. 오늘은 털을 민 거야? 그렇게 입는 거 보니까 안 밀었네? 오늘은 어디를 민 거야?

나는 그의 질문이 아무리 사소할지라도 웬만하면 대답을 해주는 편이다. 어려운 것도 아니고. 털밍아웃을 하고 나서 그가 공개적으로 털에 대해 물어올 때도 그랬다. 그때그때 어울리는 대답을 했다. 아니, 그냥 사실을 이야기하면 그만이었다.

그런데 그렇게 대답을 이어가다 보니 나조차도 내가

조금 이상하다는 생각이 들었다. 누누이 말하지만 나는 제모를 귀찮아하는 사람이다. 사실 하고 싶지 않다. 그래서 소매통이 넓어 팔을 들어 올리면 겨드랑이가 훤히 보이는 반팔 정도는 제모 단계를 건너뛰고 입는다. 여름에도 굳이 다리털을 밀지 않은 채 반바지를 입고 돌아다니고, 손가락과 인중은 거의 포기 단계에 이르렀다. 가능하면 민소매 옷을 입고도 자유롭게 살고 싶은데 아직 그만한 용기는 없다.

어쨌든 나는 이제 J와 살면서 제모를 위한 노력을 거의 하지 않는다(딱히 잘 보여야 할 외간 남자가 없기 때문인가. 이렇게 생각하기 싫지만 사실이다. 불특정 다수의 시선을 의식해 제모를 하는 것도 이유 중 하나니까). 하지만 친구의 결혼식에 가거나, 일 때문에 누군가를 만나야 하는 상황에서는 어김없이 면도기를 집어 든다.

J와의 생활이 내가 있는 그대로 원하는 모습으로 있을 수 있는 피난처라면, 그 피난처를 나와서는 남들이

원하는 모습을 흉내는 내야 마음이 편하다. 누가 시키는 건 아니지만 그냥 그렇다.

여자라면 누구나 민낯으로 외출했을 때 마음이 불편했던 적 있을 것이다. 회사에 립스틱을 바르지 않고 가면 누군가는 꼭 어디 아프냐고 물어본다. 소개팅이나 상견례처럼 격식을 차려야 하는 자리에는 반드시 화장을 해야 하는 게 사회 통념 같다. 하지 않으면 예의에 어긋난다고, 자리를 신경 쓰지 않는다고 말한다.

나 역시 일생을 그런 통념 속에서 살아왔다. 격식을 차려야 하는 자리에 갈 때 화장을 하지 않거나, 보이는 곳에 제모를 제대로 하지 않으면 마음속 깊은 곳에서 불안이 몽글몽글 피어오른다. 행여나 누가 보고 흉이라도 볼까 봐. 저 사람이 나를 보고 인상을 찌푸린 걸까 봐. 나도 모르게 이상한 피해망상에 젖어든다.

J도 그런 사회 통념을 모르는 바는 아니지만, 귀찮아

하면서도 면도기를 드는 내가 좀 이상해 보였을 것이다. 불쑥불쑥 "오늘은 밀었어?"라는 질문이 날아올 때마다 내 안의 이중적인 겁쟁이를 마주하곤 움찔한다. '남들처럼' '하라는 대로' 하면서 사는 건 어린 시절 나의 엄마가 바라던 바였다. 나는 그것이 견딜 수 없이 싫었는데, 어느새 어쩔 수 없다는 핑계만 대는 어른으로 자라고 말았다는 사실을 불시에 맞닥뜨리는 기분이랄까.

하지만 이게 나만의 문제일까 생각하면 그것도 아니다. 이 사회에서 자기 몸에 대한 결정권을 오롯이 갖기란 얼마나 어려운 일인가. 에머 오툴은 저서 《여자다운 게 뭘길래?》에서 "사회가 여자다움을 연기하도록 강요"한다고 말했다.

스타킹을 신을 때 다리털이 쓸려 올라가면 뭐 어떻다고. 반지를 따라 손가락털이 위아래로 잘게 흔들리는 모습이 뭐 어떻다고. 겨드랑이가 좀 시커먼 게 뭐 어떻다고. 남들이 보기 싫다고 말하는 게 뭐 어떻다고. 아니,

그걸 보기 싫다고 말하도록 내버려두는 세상은 대체 뭐 길래?

　지금은 그 깨달음의 대가로 결혼식에 갈 때 고민 없이 바지를 고르게 되었다. 나는 원래 치마보다 바지를 좋아하는 사람이니까. 지난 연말에는 대폭 세일하는 아웃렛에 가서 슬랙스를 색깔별로 사 왔다. J는 언제부턴가 나에게 오늘은 밀었냐고 묻지 않는다.

　마음가짐이 달라지니 그렇게나 신경 쓰였던 손가락 털도 이제 눈에 들어오지 않는다. 누가 보든 말든, 보고 나를 어떻게 평가하든 말든 이제 상관없다.

　내 털이니까, 내 몸이니까, 내 인생이니까 남들이 뭐라 하든 내 방식대로 살아가는 게 답이다. 털 이즈 노 프라블럼! 그게 이까짓, 털을 바라보며 내가 내린 결론이다.

결혼식 옷차림

TPO	★☆☆☆☆	★★★☆☆	★★★★★
활동성	★★★★★	★★★★☆	★☆☆☆☆
만족감	★★★★★	★★★★★	★☆☆☆☆

＊TPO : Time, Place, Occasion

공개적으로
털 이야기를 합니다

털 이야기를 하다 보면 나도 모르게 털 때문에 느껴왔던 수치심이 가장 먼저 떠올랐고, 이내 걱정이 뒤따라왔다. 겁이 났다. 누군가가 "저 사람은 부끄러운 이야기를 참 뻔뻔하게도 늘어놓는다"고 말하진 않을까, 이상한 눈빛을 보내진 않을까 두려웠다.

사람들은 말한다. 말할 용기가 없다고. 내가 참고 말지, 괜히 말해서 싸우면 뭐 하냐고. 나는 이런 말을 엄마에게서 가장 많이 들었다. 내가 참고 말지, 내가 하고 말지. 그렇게 해서 우리 가족의 삶이 완성되었다고 해도 과언이 아니다.

　하지만 지금의 내가 만들어진 것도 엄마의 '내가 참고 말지' 덕분이다. 엄마는 어릴 때부터 나에게 여자다움을 요구했지만, 한편으로는 가정 내에서 여자에게 부과되는 부역에서는 나를 철저히 분리시켰다. 설이나 추석에 장 보는 일, 음식 만드는 일, 집에 손님이 왔을 때 시중드는 일 앞에서 엄마는 "내가 하고 말지"를 시전하면서 암묵적으로 '넌 이렇게 살지 말아라' 시위하는 것 같았다. 엄마가 엄마의 시대를 살면서 얻게 된 모순 아닐까. 남들이 다 그렇게 살았으니까 자신도 그렇게 살았지만 사실은 그렇게 살고 싶지 않았던 진심. 그 암묵적인 시위에 힘입어(엄마는 어이없어하시겠지만) 나는 꾸준히 엄마가 기대하는 평범한 삶을 빗겨가며 살았다.

책을 쓰면서 새로운 것들을 알아가는 지적 유희도 있었지만, 사고를 계속해 나가면서 앞으로 내가 더 나은 사람이 될 수 있을지도 모른다는 희망을 느꼈다. 나는 오랫동안 털에 대해 고민하면서도 속으로 투덜대는 것밖에 할 줄 모르는 사람이었다. 얘기를 꺼내보고 싶어도 그만한 용기가 나지 않았다.

하지만 이야기를 쓰면서 내 안의 많은 것들이 변했다. 부끄럽게 생각했던 부분들이 부끄럽지 않아졌고 숨기고 싶었던 것들은 굳이 숨기지 않아도 된다는 것을 인정하게 되었다. 속으로 투덜대며 스스로를 상처 입혔던 짓을 더 이상 하지 않게 된 것만으로도 '나'라는 개인의 진일보다.

"내가 그냥 좀 참아야지." 나는 적어도 스스로에게 이렇게 말하며 자위하는 사람이 되고 싶지 않다. 나 편하자고 남 불편할 소리를 주야장천 하자는 게 아니다. 그저 나는 이게 불편하다고 말하고, 마음 맞는 누군가가 귀 기울여주기를 바랄 뿐이다. 이까짓, 털 이야기니까.

어떻게 보면 그냥 푸념이고 투정이다. 하지만 이런 푸념과 투정도 있다는 걸 누군가는 알아주고 함께 고민해 주길 바란다면 큰 욕심일까.

몇몇 에피소드는 활자로 옮기기 전에 분명 조금 다른 크기의 용기가 필요했다. 나를 모르는 사람보다 나를 아는 누군가가 읽는다고 상상하면 많이 두려웠다. 나역시 부끄러웠고, 뭐 때문에 이런 이야기까지 하고 있는 건지 아리송할 때도 있었다. 하지만 부끄러움은 모두 내 몫으로 돌린 이 이야기들이 누군가한테 의미 있게 다가가기를 바라며 마침표를 찍어 내려갔다.

엄마는 종종 말씀하셨다. 너는 여자애가 창피한 줄 모른다고("너는 왜 내는 책마다 이런 식이니"). 아니, 창피한 건 알아요. 하지만 그 창피한 감정에 매몰되고 싶지 않은 것뿐이에요. 또 계속 이야기하다 보면 창피하지 않은 게 될 수도 있잖아요.

오스카 와일드는 말했다. "세상은 늘 자신의 비극을 조롱해 왔다. 비극을 견디는 유일한 방편이기 때문이다." 비극을 견디는 게 조롱이라면 창피함을 견디는 것은 웃음이 될 수 있지 않을까. 그래서 나는 또 혼자 하하하, 웃으며 창피함을 견디고 쏟아낸다. 삶이 늘 그렇듯.

이까짓, 털

2021년 2월 28일 초판 1쇄 발행

지 은 이 | 율토끼
펴 낸 이 | 서장혁
책임편집 | 장진영
편   집 | 이다은
디 자 인 | 지완
마 케 팅 | 한승훈, 최은성

펴 낸 곳 | 봄름
주   소 | 서울특별시 마포구 양화로161 케이스퀘어 725호
T E L | 1544-5383
홈페이지 | www.bomlm.com
E-mail | edit@tomato4u.com
등   록 | 2012.1.11.
I S B N | 979-11-90278-57-7 (04810)

봄름은 토마토출판그룹의 브랜드입니다.